KB261006

기술이 아이를 살릴 수 있을까?

XR·AI 교육, 디지털 윤리와 생명 존중을 만나다

XR·AI 교육, 디지털 윤리와 생명 존중을 만나다

기술이 아이를 살릴 수 있을까?

2026년 1월 30일 초판 1쇄 인쇄 발행

지은이	이문하 정택수
펴낸이	박종래
펴낸곳	도서출판 명성서림

등록번호	301-2014-013
주소	04625 서울시 중구 필동로 6 (2, 3층)
대표전화	02)2277-2800
팩스	02)2277-8945
이메일	msprint8944@naver.com

값 15,000원
ISBN 979-11-7439-093-6

기술이 아이를 살릴 수 있을까?

XR·AI 교육, 디지털 윤리와 생명 존중을 만나다

이문하 · 정택수

도서출판 명성서림

이문하

이문하 상무는 XR·AI 기술을 기반으로 한 정서 치유·공감·생명 존중 교육을 연결하는 국내 최초의 융합 교육 모델을 구축한 전문가이다.

20대 시절 갑작스러운 신체 마비와 정서 붕괴를 재활승마를 통해 극복한 경험은 그의 교육 철학을 완전히 바꾸었다.

그는 "정서 회복이 사람을 다시 일으킨다"라는 진실을 몸으로 경험 했고, 이 치유의 원리를 XR·AI 기술과 결합하여 아이들의 감정·관계· 생명 존중 감각을 회복시키는 새로운 교육 패러다임으로 만들어 왔다.

2012년 한국재활승마교육센터를 설립·운영하며 아동·청소년·장애 인·취약 계층을 대상으로 정서·감정 회복 교육을 진행했고, 2020년 이 후 XR 시대가 열리면서 정서를 기반으로 한 XR 교육, XR 승마 시스템, XR 체험 버스 등 기술을 통한 정서 교육 혁신 모델을 주도해 왔다.

현재는 ㈜엘콤 XR사업부 상무로서 교육청·지자체·학교 대상 XR·AI 미래 교육 프로젝트를 구축하며, 충주 XR센터에 공식 입주하여 실감 형 XR·AI 교육 개발-운영-전시의 통합 거점을 확장하고 있다.

충주 XR센터는 전국 단위 사업 운영과 글로벌 진출을 위한 핵심 인 프라로, 이곳에서 XR·AI를 기반으로 하여 생명 존중 교육 모델을 표준 화·산업화·세계화하기 위한 기틀을 갖추고 있다.

그의 교육 철학은 명확하다.

"기술은 아이의 마음을 일으킬 때 비로소 교육이 된다."

 기술이 아이를 살릴 수 있을까?

대표 이력

· 한국재활승마교육센터 대표 이문하
· ㈜엘콤 XR사업부 상무
· 前)강원도장애인승마협회 회장(대한장애인체육회 소속)
· 미래창의영재교육연구원 상임이사
· 한국자살예방센터 수석연구원
· 한국청소년디지털스포츠협회 이사
· XR·AI 기반 생명 존중·정서 교육 개발 책임자

주요 역할

· XR·AI를 기반으로 한 생명 존중·정서 교육 총괄
  - 정서 알고리즘을 토대로 교육 모델 개발
  - XR·AI 공감 시나리오 설계
  - 전국 학교 적용용 XR·정서 교육 커리큘럼 개발
· XR 기술 및 교육 시스템 개발 운영
  - XR 승마 시스템, XR 레이싱, XR 체험버스 운영 총괄
  - 국가·지자체 협력 실감형 콘텐츠 개발
· 충주 XR센터를 기반으로 하여 전국·글로벌 확장 추진
  - 실감형 교육 개발·전시·운영 통합 거점 구축
  - XR 교육 산업화 및 세계 확산 준비
· 교육청·지자체·기관 협력
  - 미래 교육 프로젝트 운영
  - 교원 연수, 학부모 교육, 청소년 진로 교육 진행

전문 분야

· XR·AI를 기반으로 한 정서·생명 존중 미래 교육
· 아동·청소년 정서 알고리즘 분석
· XR 체험을 기초한 공감·감정 교육 디자인
· 재활승마–XR 융합 모델 개발
· 실감형 교육 시스템(센터형·이동형) 구축

자격증

· 사회복지사
· 응급처치강사
· 생명존중전문강사
· 미술심리지도사
· 독서지도사
· 인성교육상담전문가
· VR·AR교육지도사
· 소프트웨어교육지도사
· AI교육지도사
· 학교폭력예방상담사
· 학교안전지도사

저서

· 『사랑을 만나다』
· 『생명의 의미』
· 『수평적 리더십을 통한 말 교육훈련』
· 재활승마·말산업·정서 치유·교육 관련 저서 다수 집필

논문

· 「재활승마가 노인의 균형과 노인 삶의 질 척도에 미치는 영향」

특허 & 지식재산권

· 가상 현실 콘텐츠를 이용한 승마 체험 시스템(국내 특허)
· 가상 현실 콘텐츠를 기반으로 한 승마 장치 제어 승마 체험 시스템(국내 특허 출원)
· 멀티플레이 기반 XR 콘텐츠 실시간 운영 통합제어관리 시스템(국내·미국·유럽 해외 특허 출원)
· 통합 제어 기반 XR 멀티플레이 체험 및 실시간 인터랙션 시스템(국내·미국 특허 출원)

수상

· 일자리 창출 공로 수상(재활승마를 기반으로 한 지역 일자리 및 사회적 가치 창출)
· 교육부 장관상 수상(재활승마·교육 융합 프로그램 교육적 성과 인정)

방송 & 언론 및 강의 활동

· 「강원365」, KBS 「1박 2일」등 공중파 방송 출연
· SBS 뉴스, KBS 라디오 등 다수 방송 출연
· 재활승마·말 산업·정서 치유·XR 융합 교육 관련 언론 인터뷰
· 전국 교육청·지자체·학교·공공기관 대상
· XR·AI 미래 교육, 생명 존중·정서 교육, 재활승마 융합 교육
· 교원 연수, 관리자 연수, 학부모 교육, 청소년 진로 교육 다수 진행

정택수

경기도 평택의 산골 마을에서 8남매 중 막내아들로 태어났다. 유산을 시키려 했다가 태어나 약하고 병치레를 자주 했지만, 농사일을 열심히 하며 학교에 다녔다. 중3 때 아버지가 돌아가시고 더 가정 형편이 어려웠지만 좌절하지 않고 고등학교를 졸업하고, 혼자 서울로 상경하여 신문 배달, 과일 장사를 하며 야간전문대학을 다녔다. 친구의 소개로 육군3사관학교에 장교로 임관하여 전후방 각지에서 24년 직업군인으로 복무하였다.

제대를 앞두고 사회에 나갈 준비를 할 즈음, 머릿속에 강렬하게 떠오르는 장면이 있었다. "내 자식 살려내라" ○○야 엄마 왔어, 어디 있니?" 아스팔트에 쓰러지시며 외치던 모습이 지금도 생생하다. 이런 장면을 보고 애써 눈물을 참았지만, 가슴이 찢어지는 듯 아팠다.

"남자가 무슨 상담사를 하려고?"

후회한다며 다들 말렸다.

"상담 업종은 대부분 여성이고, 남자가 무슨 상담을 하려고 하느냐"라고 하였다.

당시 군 선배, 장군님 등 대다수 반대하였고, 아내마저도 내 편이 아니었다. 군 출신 경력을 인정받고 연금도 보장받고 월급도 많이 받는 예비군 지휘관 공부하라고 다들 권유하였다. 상담사로 일하다가 다시 돌아올 거라고 하며 후회하지 말라고 하였다. 그러나 나의 고집은 꺾지 못했다. 하나뿐인 소중한 생명을 죽이는 자살은 정말 안 된다. 나한 명이라도 자살을 예방해야 한다고 다짐하였다. 올해 11년째 사람을 살리는 상담사와 자살 예방 전문가로 활동해 오고 있다. 전역 후 국방부 병영생활전문상담관으로 전방에서 자살 위기 상담과 자살 예방 교육을 하였다. 사회로 나와 사단법인 생명나눔실천본부에서 자살예방팀장으로 열심히 자살 예방 활동을 하며 많은 사람을 살렸다. 이젠 한국자살예방센터를 운영하면서 전국에 지부를 두고 있고, 생명존중전문강사 민간자격 과정을 교육하고 있고, 자살 위기 상담을 하고 있다. 우석대학교 군 상담심리학과에서 심리학과목, 상담사례연구 등을 가르치고 있고, 한국복지사이버대학에서도 국가안보와 군상담코칭이론을 가르치고 있다. 심리 상담 분야와 자살 예방 활동과 연관되어 한 분야로 매진하고 있다. 요즘에는 15년 전 다들 반대했던 사람들이 내 편이 되었다. 누가 뭐라고 해도 사람 살리는 자살 예방 활동에 보람을 느끼고, 내가 하는 일이 가치가 있기에 큰 의미를 부여하고 싶다. '하나뿐인 소중한 생명, 하나뿐인 소중한 나' 나의 강의 제목이다. 늘 강조하는 내용이다.

주요 경력

· 상지대학교 상담심리대학원 졸업
· 한국자살예방상담센터장 & 자살예방전문강사
· 우석대학교 겸임교수(상담이론과 실제, 이상심리학, 상담스킬, 위기 상담 강의)
· 한국복지사이버대학 외래교수(국가안보론, 군코칭이론 강의)
· 사)대한노인회 MOU체결, 노인자살예방전문강사 양성 교육
· 한국청소년상담복지개발원 청소년자살예방전문지도자 양성 전문 강사
· 前) 공무원연금공단 전문강사(대인관계, 여가설계)
· 前) MBC아카데미 전문강사(청소년 우울증 / 자살위기상담)
· 前) 생명나눔실천본부 자살예방센터 상담팀장(2년, 청소년, 노인자살심리상담 및 교육)
· 前) 국방부 병영생활전문상담관 & 자살예방전문강사(QPR)
· 前) 국방대학교 합참대학 전문강사(자살위기 전문상담사 자격 과정)
· 前) 중앙자살예방센터 '보고듣고말하기' 자살예방전문강사

자격증

· 전문상담사 2급(한국상담학회)
· MBTI일반강사(한국MBTI연구소)
· QPR자살예방전문강사(한국QPR연구소)
· 군전문상담사 1급(사단법인 한국군 상담학회)
· 자살예방지도사(한국서비스인재개발원)
· 독서지도사 1급(한국자격검정진흥원)

저서

·『베르테르는 더 이상 죽지 않는다』(2011. 4. 3)
·『이대론 군 생활 못 하겠어요』(2011. 9. 15)
·『핫이슈 시사2013』(시사저널사, 공저, 2012. 12. 1)
·『청소년 자살, 어떻게 예방할 것인가?』(2013. 1, 오늘의 청소년 논문)
·『살리는남자』(2021.5.12.) 등 13권 저술

  기술이 아이를 살릴 수 있을까?

수상

· 2013 대한민국 사회공헌대상(생명존중 부문, 2013. 6, 이코노미 타임지)
· 2013 한국을 이끄는 혁신리더(생명존중자살예방 부문, 2013. 7, 뉴스메이커)
· 2016 명강사대전 우수상(2016. 3. 26. 제2016-04호, 공감방송)
· 2017 한국을 이끄는 오피니언리더 선정(2017. 6. 8. 이코노미 타임21)
· 2017 공로상(한국복지사이버 대학 발전 유공 총장상, 2017-066호)
· 2018 한국평화언론대상 신지식인대상(2018-0093), 사)한국시민기자협회
· 2019 국민화합 평화통일논술대회 논술부문 대상 수상(국회의장상, 4205호)
· 2020 한국복지사이버대학 우수교원 총장 표창(2020-085, 2020. 4. 6)
· 2020 한국복지사이버대학 우수교원 총장 표창(2020-134, 2020. 10. 5)
· 2025 광복80주년 전국 나의주장 문화대전 시창작 부문 대상(서울시의장, 제 2025
  상-348호)

방송 & 언론 및 강의 활동

· KBS1 행복발전소, 추적60분, YTN뉴스, 연합뉴스, TV조선 어른들은 모른다., SBS
  모닝와이드 국내 방송 및 조선일보, 동아일보, 서울신문 등 신문매체 전문가 인터뷰
· 삼성서울병원, 한국상담학회 전문가 연수, 서울강남교육지원청, 대구교육지원청, 부
  산교육지원청 교장연수 및 교사 연수, 총신대학교, 인덕대학교, 조선대학교, 국방부
  각급 부대, 국방대학교, 육군3사관학교, 중앙경찰학교, 광진경찰서, 119소방대 ·각급
  학교 등

C O N T E N T S

제10장　디지털 윤리·XR·AI 생명 존중 강사 양성 체계

제11장　미래를 다시 설계하는 교육: 아이 한 명을 위한 시스템 전환

에필로그　아이 한 명을 살릴 수 있는 기술이 우리가 선택해야 할 미래다

Chapter Overview

기술은 답이 아니다.
사람을 다시 일으키는 것은 정서와 관계다.
이 질문에서, 이 책은 시작되었다.

기술, 정서, 생명⋯.
두 길이 하나의 교육으로 만날 때

눈이 내리던 날, 한 사람은 무너졌고 다시 일어섰다

군대에서 한 사람은 '숨겨진 고통'을 보았다

서로 다른 길이 하나의 질문에서 만났다

이제 필요한 교육은 '기술'보다 '사람'이다

두 저자가 독자에게 전하는 약속

"과연, 기술이 아이를 살릴 수 있을까?"
이 책은 이 묵직한 질문에서 시작되었다.

눈이 내리던 날,

한 사람은 무너졌고 다시 일어섰다

눈이 깊게 쌓이던 어느 겨울날이었다. 지역아동센터 아이들이 오가는 길을 트기 위해 삽을 들었다. 그저 아이들이 미끄러지지 않기를 바라는 작은 선행이었다.

그러나 한 삽을 뜨는 순간, 거짓말처럼 하반신이 멈췄다.

나는 차가운 눈 위에 주저앉았다.

내 몸이 더 이상 내 의지대로 움직이지 않는다는 사실을, 그날 잔인하게 받아들여야 했다.

스무 살을 갓 넘긴 나에게 내려진 진단은 낯설고 가혹했다.

'퇴행성 디스크와 척추협착증'

이후 2년 가까운 시간을 병상에 갇혀 지냈다.

삶의 의미, 사람과의 관계, 미래의 기대가 하나씩 지워져 갔다.

절망, 단절, 공허, 포기.

그 시절 나의 세계는 이 네 단어로 요약되었다.

그러던 어느 날, '재활승마'라는 낯선 단어가 내게 다가왔다. 지푸라기라도 잡는 심정으로 말馬 위에 올랐을 때 나는 전율했다. 말의 따뜻한 체온, 규칙적인 리듬, 살아 있는 움직임은 멈춰 있던 내 몸을 깨우고, 무너진 내 마음을 다시 일으켜 세웠다.

말은 단순한 재활 도구가 아니었다. 나를 다시 숨 쉬게 한 생명이었다. 그 경험은 내 인생의 항로를 완전히 바꾸어 놓았다.

나는 그때 뼈저리게 깨달았다.

"정서와 감정의 회복이 사람을 살린다.
치유는 기술이 아니라 관계이며, 몸과 마음은 결코 분리될 수 없다."

이후 2012년 '한국재활승마교육센터'를 설립하고, 아이들과 장애인, 노인, 위기 청소년이 말 위에서 회복되는 기적 같은 장면들을 수없이 목격했다.

말을 쓰다듬으며 처음 웃음을 되찾은 아이,

말 위에서 굳게 닫힌 입을 연 노인,

거대한 생명의 리듬 속에서 비로소 자신을 용서하기 시작한 청소년들.

그들의 변화는 나의 확신을 갖게 하였다.

사람을 일으키는 힘은 기술이나 지식이 아니라, '감정'과 '연결'이라는 사실을 깨달았다.

2019년, 나는 이 확신을 바탕으로 또 하나의 질문을 던졌다.

'이 회복의 경험을 말 위가 아닌 곳에서도 전달할 수 없을까?'

승마를 통해 느꼈던 몰입, 안정감, 자기 조절, 정서 회복을 기술이 구현할 수 있다면, 병상에 누워 있는 아이들도, 학교 밖으로 밀려난 청소년들도 언제든 치유를 경험할 수 있지 않을까?

그 간절한 질문의 끝에서 XR(확장 현실)과 AI를 만났다. 그 결과가 지금의 '충주XR센터'다. 이곳은 단순한 체험 공간이 아니다. 정서 회복, 심리적 안정, 몰입 치료를 최첨단 기술로 연결하는 혁신 실험실이다. 아이들은 XR 버스에서 몸과 마음을 동시에 움직이고, VR 승마 시뮬레이터 위에서 디지털로 확장된 생명력을 느낀다.

나는 믿는다.

한 사람의 정서는 기술을 통해서도 따뜻하게 회복될 수 있다.

XR은 단순한 오락이 아니라 '새로운 재활'이며, 미래 교육과 생명 존중을 잇는 새로운 언어다. 눈 내리던 날 병상에서 일어나던 내 모습처럼, 이곳은 지금도 수많은 아이의 몸과 마음을 다시 일으키고 있다.

군대에서 한 사람은
'숨겨진 고통'을 보았다

공동 저자 정택수 센터장의 출발점은 나와 전혀 달랐다.

그는 군 장교로 복무했다. 강함과 침묵이 미덕인 조직, '명령'이 곧 생명인 곳이었다. 하지만 그는 제복 속에 감춰진 사람의 내면을 마주했다. 겉으로는 단단해 보이지만, 그 안에는 말하지 못한 아픔과 보이지 않는 절망이 깊게 웅크리고 있었다.

밤마다 울음을 삼키는 청년들,
가족 문제와 트라우마로 흔들리는 장병들,
그리고 삶과 죽음의 경계에 선 위태로운 순간들.
그는 수없이 그런 장면들을 목격하며 자문했다.

'지휘만으로는 사람의 마음을 지킬 수 있는가?'

그 질문은 곧 깨달음이 되었다.

병사 한 사람의 생명이 천하보다 귀하다는 것을 온몸으로 느낀 것이다.

그때부터 그는 '명령' 대신 '경청'을 택했다. 군 상담 교육을 받으며 무너지는 이들의 목소리에 귀를 기울였고, 흔들리는 생명을 붙잡아 일으키는 일을 사명으로 받아들였다.

그의 발걸음은 군대라는 울타리를 넘어 학교, 지역 사회, 기업으로 확장되었다.

그는 '한국자살예방센터'를 15년간 이끌며 수천 건의 위기 상황을 마주했다. 수많은 사람이 벼랑 끝에서 그의 손을 잡고 돌아왔다. 그의 저서 제목처럼 그는 〈살리는 남자〉가 되었다.

그에게 생명 존중 교육은 지식을 전달하는 강의가 아니었다. 그것은 태도를 가르치는 일이며, 관계를 회복하는 일이고, 무엇보다 사람의 '정서적 안정'을 먼저 확보하는 일이었다.

그는 확신에 찬 목소리로 말한다.

"아이들은 죽고 싶어서가 아닙니다. 살고 싶은데, 도움을 요청할 언어와 길을 잃어버렸을 뿐입니다."

기술은 그 잃어버린 길을 다시 찾아주는 도구여야지, 사람을 앞서 가서는 안 된다는 것이 그의 흔들리지 않는 신념이다.

**서로 다른 길이
하나의 질문에서 만났다**

나는 재활승마와 기술을 통해 몸과 감정을 살리는 길을 걸어왔다.

  기술이 아이를 살릴 수 있을까?

정택수 센터장은 삶과 죽음의 최전선에서 사람의 마음을 지키는 길을 걸어왔다.

겉보기에 우리는 전혀 다른 길을 온 사람들처럼 보였다.

그러나 우리의 만남은 필연이었다.

나는 20년간 수많은 사람을 상담해 왔지만, 정작 내 삶이 공황장애와 우울증으로 무너져 내렸을 때 나를 붙잡아 준 것은 정택수 센터장이었다. 절망 속에 있던 나에게 그는 단단한 목소리로 말했다.

"이문하 님은 다시 일어설 수 있는 사람입니다. 사람은 관계 속에서 반드시 회복됩니다."

그 한마디는 재활승마가 내 몸을 일으켰던 것처럼, 내 영혼을 다시 일으켜 세웠다.

그때 나는 알았다. 사람은 누구나 넘어질 수 있지만, 누군가의 진심 어린 한마디가 있다면 다시 걸을 수 있다는 것을.

내 곁에는 가족이 있었고, 나를 '사업가'가 아닌 '존재' 그 자체로 바라봐 준 정택수라는 멘토가 있었다. 서로 다른 길에서 출발한 우리는 결국 하나의 동일한 지점에 도착했다.

"기술은 사람을 지킬 때 비로소 의미가 있다."
"정서와 생명은 모든 교육의 출발점이다."

이 공명(Resonance)이 바로 우리가 함께 새로운 교육 패러다임을 설계하고, 이 책을 집필하게 된 이유다.

**이제 필요한 교육은
'기술'보다 '사람'이다**

오늘의 아이들은 스마트폰 속에서 울고 웃고, SNS에서 존재를 확인하며, 디지털 공간에서 하루의 대부분을 살아간다. 그러나 그 밝은 화면 뒤에는 사이버 폭력, 비교와 열등감, 고립, 중독, 우울, 불안, 딥페이크, 과몰입, 불건전한 온라인 환경이라는 보이지 않는 위험이 조용히 스며들어 있다.

기술은 눈부시게 발전하지만, 아이들의 정서가 회복되는 속도는 그 변화를 따라가지 못한다. 오히려 빠른 기술의 속도로 아이들의 마음이 소진되고 있다.

우리는 다시 근본적인 질문을 던진다.

**"기술의 시대, 아이들을 지킬 수 있는 진정한 방패는 무엇인가?"
"코딩을 배우기 전에, 사람을 먼저 이해하는 교육은 가능한가?"
"정서와 생명을 담은 기술 교육은 미래의 기준이 될 수 있을까?"**

우리는 결론 내렸다.

아무리 뛰어난 XR·AI 기술이라도 아이의 마음을 읽지 못하면 그것은 흉기가 될 수도 있다. 기술은 도구이며, 교육의 중심은 언제나 '사람'이어야 한다.

이 깨달음이 우리가 제시하는 <u>디지털 윤리 × 생명 존중 × XR·AI 교육</u>의 토대다. 우리는 기술을 가르치는 것을 넘어, '기술 속에서 마음과 생명을 지키는 법'을 가르치는 새로운 길을 열고자 한다.

두 저자가
독자에게 전하는 약속

우리는 서로 다른 삶을 살았지만, 하나의 진실 앞에서 멈춰 섰다.

"사람은 기술이 아니라, 사람으로 말미암아 회복된다."

그리고 그 회복의 경험이 있을 때, 비로소 기술을 도구 삼아 미래로 나아갈 수 있다.

내가 재활승마를 통해, 그리고 정택수 센터장이 위기 상담을 통해 확인한 것은 결국 '정서'와 '관계'의 힘이었다. '사람이 사람을 지킨다'는 이 단순하고도 절대적인 진리가 우리 두 사람을, 그리고 이 책을 하나로 묶었다.

그래서 이 책은 단순히 기술의 장밋빛 미래를 찬양하는 책이 아니다. 위기 상황을 극적으로 나열하는 책도 아니다.

이 책은 정서와 생명, 치유와 회복, 그리고 첨단 기술이 만나는 교차점에서 우리 교육이 나아가야 할 방향을 제시하는 나침반이다. 우리가 현장에서 흘린 땀과 눈물, 그리고 치열한 고민에 관한 대답이 담겨 있다.

우리는 독자들에게 약속한다.

"기술은 인간을 돕기 위해 존재해야 한다."
"교육은 감정에서 시작해 생명으로 완성된다."

디지털 윤리, 생명 존중, XR·AI는 서로 다른 과목이 아니다.
이들은 모두 '한 아이의 마음을 지키기 위한 하나의 교육'으로 통합되어야 할 언어들이다.

이 책을 펼친 교사, 학부모, 교육자, 그리고 청소년들이 아이 한 명의 마음을 지키는 작은 변화의 주체가 되기를 소망한다. 한 아이가 무너지지 않도록, 한 청소년이 길을 잃지 않도록, 우리는 이제 함께 새로운 교육의 길을 걷는다.

     기술이 아이를 살릴 수 있을까?

당신의 생각이면 충분합니다.

Chapter Overview

겉으로는 괜찮아 보이는 아이들,

그러나 마음은 가장 위험한 시대를 지나고 있다.

이 변화는 통계가 아니라 신호다.

1장

디지털 시대, 아이들의 정서와 생명 존중이 흔들리고 있다

'아이들은 괜찮아 보이는데,
왜 더 위험해졌을까?'

요즘 아이들은 겉으로는 멀쩡해 보인다. 학교에 가고, 친구를 만나 웃고, 영상을 보며 킬킬대고, 댓글을 달며 하루를 살아낸다.

그러나 교실 안의 공기는 따뜻하지 않고 무거운 분위기다.

· 감정의 깊이가 얕아졌다. 금방 웃다가도 순식간에 분노하고, 금세 무기력해진다.
· 관계의 끈이 얇아졌다. 다툼이 생기면 화해 대신 '차단'을 택하고, 관계를 '삭제'해 버린다.
· 마음의 맷집이 사라졌다. 작은 비난 댓글 하나, 타인의 시선 하나에도 아이의 세계는 쉽게 붕괴한다.

가장 무서운 변화는 아이들이 '조용해졌다'는 것이다. 울지도 않고, 화내지도 않고, 그저 무표정한 얼굴로 "괜찮아요"라고만 한다.

우리가 다루는 문제는 단순히 '스마트폰을 몇 시간 쓰는가'의 문제가 아니다. 이것은 아이들의 회복탄력성(Resilience), 그리고 그 정서가 무너질 때 도미노처럼 쓰러지는 생명 존중 감각의 붕괴에 관한 이야기다.

이 장은 하나의 질문에서 출발한다.

"기술은 이토록 눈부시게 발전했는데, 왜 아이들의 마음은 전보다 더 어둡고 위험해졌을까?"

1

청소년 통계와
자살률의 현황과 국제 비교

한국 청소년은 세계에서 가장 높은 수준의 '정서적 압박'을 견디고 있다. 통계는 불명예스럽고 현실은 비극적이다. 자살은 심각한 정신건강의 위기다. OECD 통계에 따르면 우리나라의 청소년 자살률은 인구 10만 명당 약 23.2명으로 OECD 평균(약 10.7명)의 2배가 넘으며, 부동의 1위를 기록하고 있다.

이 수치는 단순한 국가 통계가 아니라, 청소년부터 성인까지 정서·관계·생명감이 약해지고 있다는 구조적 위험 신호다.

전 세계적으로도 자살은 심각한 공중보건 위기다.

2021년 한 해 동안 전 세계에서 약 72만 7천 명이 자살로 생을 마감한 것으로 보고되며, 자살은 15~29세 청년층 사망 원인 중 상위권에 속한다.

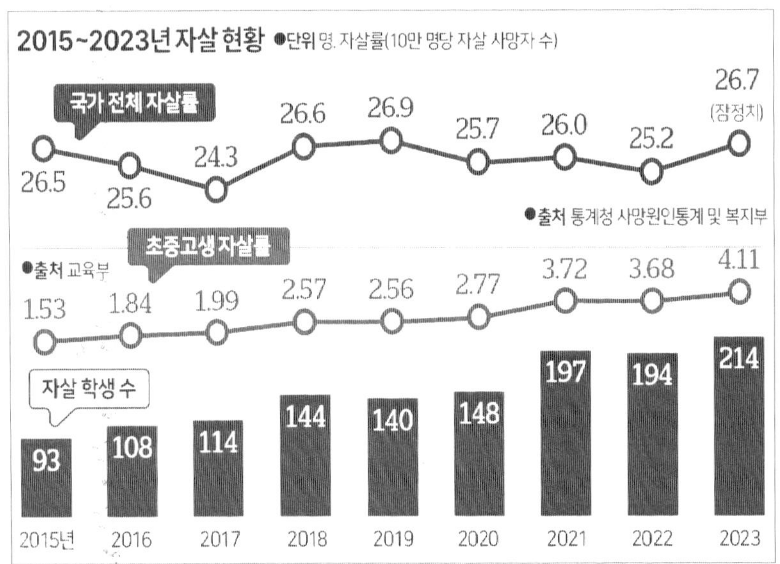

2023 한 해에 미래의 청소년 214명이 자살로 귀한 생명을 잃고 있다. 실로 안타까운 마음이다.

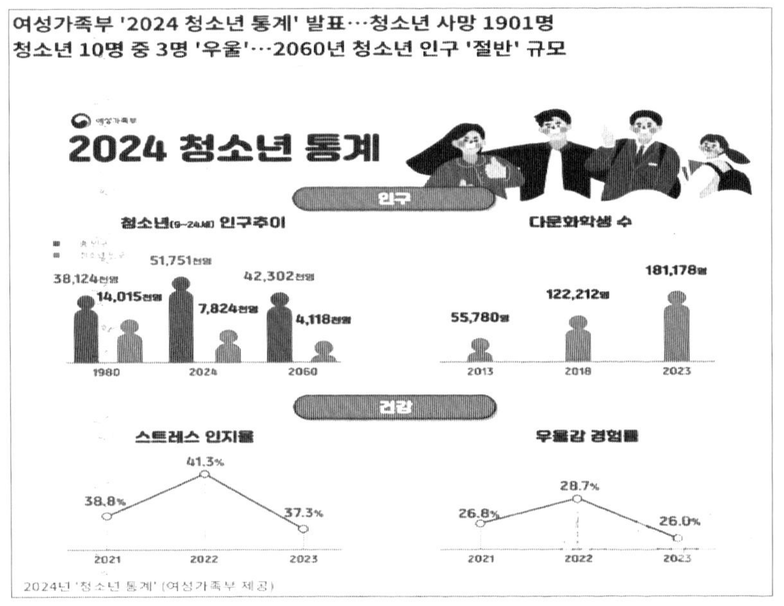

청소년기에 관한 국제 분석 결과를 보면, 15~19세 기준 전 세계 평균 자살률은 대략 7.4명 / 100,000명 수준으로 나타난다(국가별 편차 있음).

이는 한국 현실이 세계 평균보다 훨씬 높은 수준이라는 점을 간접적으로 보여 준다.

많은 청소년이 이렇게 말한다.
"살고 싶지 않아요."
"그냥 사라지고 싶어요."
"나만 뒤처진 것 같아요."
"말하면 더 힘들어질까 봐요."

하지만 이 말을 솔직하게 꺼낼 수 있는 대상이 없어, 혼자 버티며 견디는 경우가 많다.

연구 결과와 여러 조사에 따르면, 청소년 세 명 중 한 명 이상이 한 번 이상 자살을 생각해 본 적 있다고 답한다.

겉으로는 웃고, 학교에 잘 다니며, 기능적으로 생활하는 아이들도 속마음에서는 이미 무너지고 있는 경우가 적지 않다.

이 숫자와 사례들은 우리에게 이렇게 말한다.

· 지금 아이들의 마음과 정서, 생명감이 심각하게 위협받고 있다.
· 그리고 이것은 기존의 지식 중심 교육만으로는 결코 해결할 수 없는 문제라는 것을 보여 준다.

이 지표들은 우리에게 경고한다. 지금 청소년 자살 문제는 개인의 나약함이 아니라, 디지털 환경과 결합된 '정서적 재난'이다. 기존의 지식 중심 교육으로는 이 죽음의 행렬을 멈출 수 없다.

2

디지털 환경이
정서·뇌·행동에 미치는 영향

디지털 환경은 이제 배경이 아니다.
아이들의 정서가 만들어지는 생활 공간 그 자체다.

오늘의 아이들은 하루 대부분을 다음과 같은 자극 속에서 보낸다.

· 1분 미만의 짧고 강렬한 숏폼 영상
· 끝없이 이어지는 무한 스크롤 피드
· 즉각적인 반응을 요구하는 좋아요와 댓글
· 승패와 보상이 반복되는 게임 알고리즘

이 환경은 단순히 '생활 방식의 변화'가 아니라, 정서와 뇌 발달에 직접적인 영향을 주는 환경이다.

디지털이 아이의 마음을 흔드는 대표적 방식 네 가지

1. 주의 집중력이 파편화된다(Popcorn Brain)
· 알림과 화면 전환이 반복되면서, 아이는 한 가지에 깊이 몰입하는 힘을 잃는다. 뇌가 팝콘처럼 튀어 오르는 자극에만 반응하게 된다.

2. 보상 체계가 과자극된다(Dopamine Loop)
· '좋아요', '랭킹', '조회수'는 뇌의 보상 시스템을 빠르게 자극한다. 뇌는 더 강하고 더 빠른 자극을 원하게 되고, 일상의 잔잔한 행복은 지루한 것으로 치부된다.

3. 감정의 '소화 시간'이 사라진다
· 슬픔, 분노, 지루함은 시간을 두고 천천히 해소되어야 한다. 하지만 디지털은 그 감정을 느낄 새도 없이 즉각적인 재미로 덮어버린다. 감정의 변비 상태가 지속된다.

4. 관계의 근육이 퇴화한다
· 텍스트와 이모티콘 중심의 소통은 표정과 말투를 읽는 '공감 능력'을 떨어뜨린다.

결국 아이는 '감정을 느끼긴 하지만, 감정을 다루고 조절할 줄은 모르는 상태'가 된다.

이 상태에서 작은 스트레스가 가해지면, 아이의 마음은 쉽게 부러진다.

3

스마트폰·SNS 중독과
감정 소진

아이들이 가장 많이 머무는 디지털 공간 'SNS'이다.

그리고 눈은 아이들에게 즐거움과 소통을 주는 동시에, 가장 큰 정서적 부담을 만든다.

그 핵심에는 '비교 지옥'이 있다.

SNS 속 타인의 삶은 화려하게 편집되어 올라오고, 아이들은 그 '하이라이트'와 자신의 '비하인드'를 끊임없이 비교한다.

· 누군가의 사진은 보정되어 완벽하고,

· 누군가의 일상은 늘 파티처럼 즐겁고,

· 누군가의 성적표와 명품은 당연한 듯 올라온다.

아이들은 그 화면을 보며 자신에게 이렇게 말한다.

· "나는 왜 저렇게 못 살까?"

· "나는 왜 이렇게 생겼을까?"

· "나는 쓸모없는 사람인가 보다."

이 반복되는 비교는 감정을 지치게 하고, 우울, 불안, 무기력을 가져
온다.

특히 숏폼 영상 과몰입은 감정 조절 능력과 집중력을 동시에 약하
게 만든다.

· 집중력은 짧아지고

· 감정의 깊이는 얕아지고

· '지금 바로 자극'을 원하게 된다.

결과적으로 아이들은 '감정 에너지가 계속 새어 나가는 상태',
즉 만성적인 감정 소진 상태에 놓이게 된다.
겉으로는 멀쩡해 보이지만, 속으로는 이렇게 말하고 있는 것과 같다.
'힘들지만, 그만두지도 못하고, 멈출 수도 없는 상태.'다.

4

'관계의 단절'이 만드는
위험 신호

위기는 혼자 있을 때 깊어진다.
정택수 센터장이 현장에서 반복적으로 확인한 문장이 있다.

"관계가 끊긴 아이가 가장 위험하다."

디지털 시대의 관계는 '초연결(Hyper-connected)'되어 보이지만, 실상은 '군중 속의 고독'이다. 팔로워는 수백 명인데, 정작 힘들 때 전화를 걸 친구는 단 한 명도 없는 아이들이 늘어난다.

관계 단절이 시작될 때 나타나는 신호

· 대화가 현저히 줄어들고, 질문에 단답형으로만 답한다.

기술이 아이를 살릴 수 있을까?

- 감정 기복이 극도로 커지거나, 반대로 로봇처럼 아무 감정이 없어 보인다.
- 친구 관계를 스스로 끊거나(SNS 계정 삭제 등), 모임에서 자발적으로 빠진다.
- 방에서 나오지 않고 '동굴' 속으로 들어간다.
- "나 혼자 있고 싶어", "귀찮아"라는 말을 입버릇처럼 한다.

이 신호들은 때로 "사춘기니까 그럴 수 있지"라고 가볍게 지나가 버리지만, 실제로는 '도움을 요청하는 조용한 SOS'에 가깝다.

특히 표현하지 않는 조용한 아이를 놓치면 치명적이다. 그들은 '괜찮아서' 조용한 것이 아니라, '말해도 소용없을 것 같아서' 입을 다문 것이기 때문이다.

몸은 집과 학교에 있지만, 마음은 이미 혼자, 어두운 방 안에 있는 상태가 된다.

5

학교 현장에서 나타나는
위기 징후

학교는 아이들의 변화를 가장 먼저, 가장 오래 지켜보는 공간이다. 하지만 빠르게 변화하는 디지털 환경 속에서 교사들은 새로운 형태의 위기 징후를 마주하고 있다. 과거와는 다르다는 것이다.

그래서 학교는 동시에 가장 무거운 질문을 받고 있다.

"우리 반 아이의 조용한 비명을, 선생님은 듣고 있는가?"

현장에서 자주 보이는 변화는 다음과 같다.

· 학습 무기력: 수업 중 엎드려 자거나, 멍하니 있는 시간이 늘어난다. "이거 왜 해야 해요?"라며 의미를 찾지 못한다.

· 감정 조절 실패: 사소한 자극(친구의 장난, 교사의 지적)에 불같이 화를

내거나, 과호흡 등 신체 증상을 보인다.

· 공감 능력 결여: 친구의 아픔에 공감하지 못하고, 비난이나 조롱을 '놀이'처럼 한다.

· 스마트폰 분리 불안: 폰을 걷어가면 극도로 불안해하거나 공격성을 보인다.

· 쉬운 관계 단절: 갈등을 해결하려 하지 않고, 조금만 수틀리면 '손절', '차단', '저격'을 한다.

이것을 단순히 "요즘 애들은 버릇이 없다", "끈기가 없다"라고 도덕적으로 비난하면 본질을 놓친다. 이 행동들 뒤에는 정서적 에너지 고갈, 마음의 피로, 해결되지 않은 우울감이 자리 잡고 있다.

정서가 약해지면,

· 학습 동기와 집중력은 떨어지고
· 관계는 더 불안정해지고
· 삶의 기대와 생명감도 함께 약해진다.

그리고 이 흐름이 길어질 때, 아이는 생명력도 함께 꺼진다.

6

학부모·교사가
놓치기 쉬운 위험 요인

진짜 위험한 신호는 큰 소리가 나지 않는다. 아이들은 대체로 '조용히, 천천히 무너진다.'

학부모와 교사가 자주 놓치는 '스텔스' 신호는 다음과 같다.

· '괜찮아요'의 남발: 습관적으로 감정을 숨기고 괜찮다고만 한다. (가면 우울증)
· 자기 비하적 유머: "어차피 난 망했어", "이번 생은 글렀어"라며 농담처럼 자기를 깎아내린다.
· 은밀한 고립: 집에 오면 방문을 잠그고, 가족과 식사나 대화를 피한다.
· 디지털 집착: SNS의 '좋아요' 개수나 팔로워 수에 과도하게 목숨을 건다.
· 회피형 대화: 감정을 물어보면 "몰라요", "그냥요"라며 마음의 문을 닫는다.

이 신호가 보인다면 아이의 마음은 이미 지쳐 있을 가능성이 크다.

이때 학부모와 교사가 해야 할 핵심은 훈계나 조언이 아니다.
관계를 다시 여는 질문이다.

· "요즘 너는 어떤 마음이 제일 많이 드니?"
· "하루 중 제일 힘든 순간이 언제야?"
· "말하기 어렵다면, 오늘은 그냥 같이 있어도 돼."

정서 회복은 문제 해결(Solution)이 아니라, 연결(Connection)에서 시작된다.

제1장 결론: 기술보다 먼저 지켜야 할 것은 '정서'와 '생명'

디지털 시대의 위기는 누군가의 잘못이 아니라,
시대가 만든 구조 속에서 아이들이 감당하기 어려운 정서 압박을 받고 있다는 신호다.

· 빛보다 빠른 정보의 속도
· 24시간 멈추지 않는 비교
· 얇고 가벼워진 관계
· 마음을 터놓을 곳 없는 고립

이 네 가지로 말미암아 아이들의 감정은 서서히 소진되고, 마음을 조용하게 지치게 만든다. 그래서 지금 교육이 던져야 할 질문은 위기나 비난이 아니라 방향이다.

"아이들의 마음을 지키지 못하는 교육이, 정말 미래를 이야기할 수 있을까?"

이 책은 여기서 출발한다.

그리고 이 책 전체는 그 질문에 하나의 새로운 방향을 제시하고자 한다.

디지털 윤리 × 정서 회복 × XR·AI × 생명 존중 교육은 서로 다른 조각이 아니다. 위태로운 아이의 마음을 붙잡고, 다시 숨 쉬게 만들기 위한 하나의 통합된 구명줄이다.

기술이 아이를 살릴 수 있을까?

디지털 시대, 아이들의 정서와 생명을 지키기 위한 자기 점검 (학생용)

활동 1. 나의 하루 정서 에너지 체크

Q. 오늘 하루, 내 마음에 가장 많았던 감정은? 해당되는 칸에 체크하세요.

☐ 불안   ☐ 무기력   ☐ 짜증 / 예민함   ☐ 외로움   ☐ 안정감

☐ 기쁨 / 설렘   ☐ 모르겠음(감정이 헷갈림)

Q. 오늘 가장 강했던 감정 1개 : ________________________________

활동 2. 디지털 사용 습관 돌아보기

Q. 하루 평균 스마트폰 사용 시간은?

☐ 1시간 이하   ☐ 1~3시간   ☐ 3~5시간   ☐ 5~7시간   ☐ 7시간 이상

Q. 해당되는 것을 모두 체크

☐ 알림이 오지 않는 데도 자주 폰을 확인한다

☐ 숏폼 영상(틱톡·릴스 등)을 1시간 이상 본다

☐ SNS를 보다가 기분이 나빠질 때가 있다

☐ 폰이 없으면 불안하다   ☐ 자기 전에 30분 이상 폰을 본다

Q. 지금 가장 줄이고 싶은 습관 한 가지 : ________________________

활동 3. '비교 습관' 점검

Q. SNS를 보며 가장 자주 떠오르는 생각은?

　□ 나만 뒤처진 것 같다　□ 나도 저렇게 되고 싶다

　□ 왜 나는 안 될까?　□ 그냥 재미있다　□ 잘 모르겠다

Q. 나에게 가장 상처를 주는 비교는? : ________________________

활동 4. 관계 단절 신호 체크

Q. 최근 한 달 동안 해당되는 것 체크

　□ 대화를 피하고 혼자 있고 싶다　□ 친구나 가족 연락이 귀찮아졌다

　□ SNS 활동이 갑자기 늘거나 사라졌다

　□ 감정이 예민하거나 무감정해졌다　□ 작은 일에도 쉽게 포기한다

　□ 방에서 나오는 시간이 줄었다

Q. 지금 가장 회복하고 싶은 관계가 있다면 : ________________

활동 5. 나만의 '정서 안정 지점' 찾기

Q. 나를 편안하게 하고 숨 쉬게 만드는 활동은?

　□ 산책 □ 음악 □ 자연/동물 □ 가벼운 운동 □ 폰 끄기

　□ 따뜻한 사람과 대화 □ 혼자 쉬기 □ 기록하기(노트·일기 등)

　□ 기타 (　　　　　　　　　　　　　　　　　　　　　　)

Q. 나를 가장 안정시키는 한 가지 : ________________________

활동 6. 나를 지켜주는 방패 문장

Q. 지금 지쳐 있는 나에게 해 주고 싶은 말 한마디를 적어 보세요 :

____

제1장 마무리 질문

Q. 오늘 활동을 하며 새롭게 알게 된 나의 모습(감정, 습관) 중 가장 기억에
　　남는 것은 무엇인가요? :

____

Chapter Overview

윤리는 예절이 아니라 생존이다.
기술보다 먼저 가르쳐야 할 기준이 있다.
아이를 지키는 최소한의 안전 장치.

2장

디지털 XR·AI 윤리 국가 기준:
아동·청소년 생존의 토대

1

디지털 XR·AI 윤리의
개념과 교육적 필요성

**"디지털 XR·AI 윤리는 예절 교육이 아니다.
아이들을 살리는 '생존 기술'이다."**

오늘날 아이들에게 디지털 윤리는 '인터넷에서 욕을 쓰지 말자'는 도덕 교과서 수준의 이야기가 아니다. 디지털 공간은 이미 현실보다 더 빠르게 변하고 있으며, 그 속의 위험은 어른들의 눈에 보이지 않게 은밀히 다가온다.

아동·청소년은 새로운 기술(AI, 메타버스 등)을 스펀지처럼 흡수하지만, 옳고 그름을 가르는 가치 판단력과 충동을 억제하는 정서 조절 능력은 아직 미성숙하다. 기술 습득 속도와 정신적 성숙도의 이 '위험한 불균형'이 바로 사고가 터지는 지점이다.

기술이 아이를 살릴 수 있을까?

디지털 XR·AI 윤리 교육은 다음을 포함해야 한다.

· 보이지 않는 칼날(악플/조작)의 무게를 인지하는 감수성
· 알고리즘이 주는 쾌락에 잡아먹히지 않는 통제력
· 화면 너머에 '사람'이 있음을 잊지 않는 공감 능력
· 위험 상황을 직감하고 '도와달라'고 외칠 수 있는 용기
· 기술을 사용하면서 스스로를 지키는 힘

이는 단순한 코딩 교육이나 활용 교육보다 선행되어야 할, 아이의 정신 건강과 생명을 지키는 안전장치다.

2

온라인 공간의
구조적 위험 요소

아이들이 접속하는 디지털 세상은 화려해 보이지만, 그 이면에는 정서적 포식자들과 상업적 알고리즘이 촘촘히 쳐 놓은 덫이 존재한다.

■ 사이버불링(사이버 괴롭힘) '24시간, 도망칠 곳 없는 감옥'

물리적인 학교 폭력은 하교 종이 울리면 멈춘다. 그러나 사이버불링은 아이가 가장 안전해야 할 침실까지 따라온다. 스마트폰이 켜져 있는 한, 폭력은 멈추지 않는다. 문제의 핵심은 이 폭력이 어른들의 눈에 보이지 않는 곳에서, 더욱 집요하고 잔인하게 반복된다는 점이다.

주요 유형은 다음과 같이 교묘하게 진화했다.

· 사이버 감옥 & 떼카: 아이를 단톡방에 초대한 뒤 집단으로 욕설을 퍼붓
  거나, 나가도 끊임없이 다시 초대하여 괴롭힌다.
· 방폭: 피해 학생 한 명만 남겨두고 모두가 단톡방을 나가 버려, 사이버
  공간에서 투명 인간 취급을 하며 고립시킨다.
· 저격과 박제: SNS에 특정 아이를 비방하는 글이나 사진을 올리고, 익명
  뒤에 숨어 조리돌림을 하며 순식간에 학교 전체로 소문을 퍼뜨린다.
· 데이터 셔틀: 핫스팟을 강제로 켜게 하여 데이터를 갈취하거나, 기프티
  콘을 상납하게 하는 등 금전적 착취와 결합한다.

가해 아이들은 수사기관이나 학교에서 이렇게 변명한다.
"그냥 장난이었어요. 심각한 줄 몰랐어요."
하지만 정택수 센터장은 현장의 경험을 통해 단호하게 정의한다.

"이것은 장난이 아니라, 피해 아이의 영혼을 난도실하는 고문이다."

피해 학생이 겪는 '고립감'은 곧 '자기 비난'으로 이어지고, 이는 깊은 '우울'을 넘어 결국 자해와 자살을 시도하는 방아쇠가 된다. 사이버불링이 단순한 교우 관계의 문제가 아니라 '생명 위기'인 이유가 바로 여기에 있다.

■ 정서 위협형 온라인 커뮤니티

온라인에는 아이들의 정서를 무너뜨릴 수 있는 은밀한 커뮤니티 생

태계가 존재한다.

　겉으로 보기엔 단순 커뮤니티처럼 보이지만, 실제로는 정서적 취약성을 이용하고 고립과 중독을 강화하는 구조를 갖고 있다.

1) 우울증·자해 커뮤니티

　일부 게시판이나 갤러리는 '공감'이라는 이름으로 아이들의 우울감을 더 깊게 자극한다.

· 절망적 감정 공유
· 자해 방법 안내
· 자살생각 및 자살충동 유도 침잠沈潛
· '같이 무너져보자' 분위기

　이 공간의 가장 큰 문제는, '힘들다' → '괜찮아'가 아니라 '나도 힘들다' → '같이 무너져 보자'라는 정서적 연결이 형성된다는 점이다.

　정택수 센터장의 현장 상담·관찰에 따르면, 이러한 커뮤니티는 아이의 위기 인식 능력을 마비시키고, "내가 힘든 것이 당연하다"라는 왜곡된 정서 연결을 형성한다.

　이는 단순 정보 커뮤니티가 아니라 자해·우울·자살 위험 요소를 증폭시키는 정서적 환경이다.

　위험 포인트 아이들은 '이 그룹이 나를 이해해 준다'라고 느끼지만, 실제

　　　　　　　　　　　　　기술이 아이를 살릴 수 있을까?

로는 정서적 회복이 아니라 정서적 침잠을 야기하는 경우가 많다.

2) 온라인 도박 커뮤니티

10대 도박 경험은 최근 빠르게 증가하고 있다.

문제는 대부분이 게임 아이템 또는 소액 베팅에서 시작한다는 점이다.

아이들은 도박을 다음처럼 착각한다.

· '게임처럼 보인다'

· '돈이 안 들어가는 것 같아'

· '친구가 하니까 괜찮은 것 같아'

그러나 온라인 도박은 뇌의 보상 체계를 빠르게 중독화한다.

· 짧은 쾌감

· 반복되는 재시도 욕구

· 금전 감각 상실

· 부모나 교사에게 감추려는 행동

도박은 단순 취미가 아니라 청소년의 자기조절 능력과 판단력을 무너뜨리는 정서 중독 문제다. 숨기기 시작하면 고립이 심해지고, 고립은 더 깊은 중독을 부른다.

3) 성인사이트 및 불건전 성적 커뮤니티

아동·청소년이 온라인에서 가장 빨리 접하는 위험이 바로 성적 콘텐츠다.

· 자극적인 광고
· 은밀한 채팅방
· 과도한 성적 콘텐츠 노출 및 중독
· 불법 성적 영상 유포 문화
· 조건 만남 유도

가해자는 아이의 호기심·외로움·관심 욕구를 이용한다.

그리고 아이들은 '부끄러워서 말할 수 없기 때문에' 혼자 감당한다.

가장 위험한 점은, 이러한 커뮤니티가 정서 발달을 왜곡하고 관계 감각을 파괴한다는 것이다.

정택수 센터장의 상담 경험 성인사이트 노출은 단순 자극 문제가 아니라, 정서 발달 지연 + 스스로에 대한 수치감 + 관계 회피 + 자기 존중감 약화로 이어지는 경우가 매우 많다.

이 커뮤니티들의 공통점은 다음과 같다.

불건전 커뮤니티의 공통 위험

· 아이들이 혼자 접한다
· 비밀성이 강하다
· 알고리즘이 유사 콘텐츠를 지속 추천한다
· 정서를 고립·중독·왜곡하는 방향으로 작동한다
· 신고하거나 도움을 요청할 통로가 없다

                                기술이 아이를 살릴 수 있을까?

특히 정서가 약한 아이일수록,

"온라인이 나를 이해한다" → "현실보다 온라인이 편하다"라는 정서 대체가 일어나고, 이후 자해·우울·대인관계 단절로 연결되는 위험이 급증한다.

핵심 요약 불건전 커뮤니티는 단순한 온라인 콘텐츠가 아니라, 정서 발달을 공격하는 심리 구조이며, 생명 위험 요인과 직접 연결된다.

따라서 디지털 윤리는:

· 차단 기술 교육을 넘어서
· 정서 인식 + 위험 감각 + 도움 요청 능력을 함께 길러야 한다.

■ 딥페이크 및 조작 콘텐츠

AI 기술은 두 얼굴을 가지고 있다. 교육적으로는 무한한 상상력의 도구이지만, 윤리가 결여된 순간 아이들의 존엄을 찌르는 가장 날카로운 흉기로 돌변한다.

과거에는 전문가만 할 수 있었던 합성이 이제는 스마트폰 앱 하나로 단 1분이면 가능해졌다. 이 '쉬운 접근성'이 아이들의 호기심과 만나 끔찍한 결과를 낳고 있다.

첫째, 범죄의 타깃이 '연예인'에서 '내 옆의 친구'로 바뀌었다.

가장 심각한 문제는 딥페이크가 학교 폭력의 도구로 악용된다는 점이다.

- 지인 능욕: 같은 반 친구, 선생님, 전 연인의 얼굴을 음란물이나 엽기적인 사진에 정교하게 합성하여 유포한다.
- 복수형 조작: 친구를 골탕 먹이기 위해 범죄를 저지르는 장면을 합성하거나, 하지 않은 말을 한 것처럼 목소리를 조작(AI 보이스 커버)하여 이간질한다.

둘째, 이것은 시각적 폭력이다.

아동·청소년은 '이게 진짜인지 가짜인지 이성적으로는 알지만, 정서적으로는 동의 없는 성적 자극에 의해 정서적 경계가 붕괴되는 심각한 충격'을 받는다. 뇌는 눈에 보이는 충격적인 이미지를 현실로 받아들이기 때문이다. 가해자는 "가짜 사진인데 왜 그래?"라고 반문하지만, 피해자에게는 자신의 얼굴이 타인의 조롱거리가 되었다는 사실만으로도 사회적 사형 선고와 다름없다.

셋째, 신뢰의 붕괴와 '불신의 지옥'

- "내가 보낸 메시지가 아닌데?"
- "이 영상, 진짜 너 맞아?"

　　　　　　　　기술이 아이를 살릴 수 있을까?

조작된 콘텐츠가 판을 치는 교실에서 아이들은 서로를 믿지 못한다. 억울한 누명을 쓰는 일이 빈번해지고, 해명하는 과정에서 아이의 자존감과 친구 관계는 산산조각이 난다.

결국 딥페이크 문제는 기술의 문제가 아니다. 타인의 인격을 장난감처럼 가지고 놀아도 된다고 생각하는 '윤리 의식의 부재'가 만든 재앙이다. 따라서 교육은 단호해야 한다. '합성은 놀이가 아니라, 명백한 범죄이자 디지털 성폭력'임을 가르치는 것에서부터 시작해야 한다.

■ 개인정보 유출

아이들은 개인정보를 '자산'이나 '보호해야 할 것'으로 여기지 않는다. 오히려 친구를 사귀기 위한 '소통의 도구'나 게임 아이템을 얻기 위한 '화폐' 정도로 가볍게 생각한다. 바로 이 지점이 모든 디지털 범죄의 입구가 된다.

첫째, '관심'과 '안전'을 맞바꾸는 위험한 거래

청소년기는 '나를 보여 주고 싶은 욕구(과시 욕구)'와 '인정받고 싶은 욕구'가 가장 강한 시기다.

· TMI(Too Much Information) 남발: SNS 팔로워를 늘리기 위해 교복 입은 사진(학교 노출), 집 밖 풍경(거주지 노출), 실시간 위치 태그를 무

방비로 올린다.

· 계정 공유(대리 육성): 게임 레벨을 올려주겠다는 말에, 혹은 친구끼리 비밀이 없다는 것을 증명하기 위해 아이디와 비밀번호를 공유한다. 이는 결국 계정 탈취와 사기로 이어진다.

둘째, 조각난 정보가 맞춰지는 '모자이크 효과'

아이들은 "내 생일 하나 알려준다고 무슨 일이 생기겠어?"라고 생각한다. 하지만 범죄자들은 흩어진 정보들을 모아 퍼즐을 완성한다.

· 인스타그램의 '얼굴 사진' + 틱톡의 '교복 영상' + 카카오톡 프로필의 '생일' = 완벽한 신상 프로필 완성. 이렇게 조합된 정보는 단순한 스토킹을 넘어, 아이를 협박하고 조종하는 디지털 그루밍의 핵심 데이터로 악용된다.

셋째, 유출은 곧 '범죄의 표적'이 됨을 의미한다.

개인정보 유출은 스팸 전화 정도의 불편함이 아니다. 내 정보가 범죄자의 손에 들어가는 순간, 아이는 타깃이 된다.

· 보이스 피싱 및 메신저 피싱: 부모님이나 친구를 사칭하여 금전을 요구한다.

· 디지털 성범죄의 시작: 유출된 연락처와 사진을 빌미로 "부모님께 알리겠다", "학교에 뿌리겠다"라고 협박하며 성 착취물을 요구하는 끔찍한 범죄로 이어진다.

따라서 교육의 핵심은 바뀌어야 한다. "전화번호를 알려주지 마라"라는 단순 지침을 넘어, "네가 무심코 올린 사진 한 장이 너의 안전을 위협하는 족쇄가 될 수 있다"라는 디지털 발자국의 무서움을 인지시켜야 한다. 나의 정보는 '공유'의 대상이 아니라 철저한 '통제'의 대상이다.

■ 디지털 성범죄

디지털 환경은 아이들에게 가장 큰 놀이터이자, 동시에 가장 은밀한 사냥터다. 가해자들은 겉보기에 무서운 범죄자의 얼굴을 하고 있지 않다. 그들은 다정한 친구, 고민을 들어주는 멘토, 혹은 용돈을 주는 '키다리 아저씨'의 가면을 쓰고 접근한다.

첫째, '온라인 그루밍(Grooming)'의 덫

범죄는 강제로 시작되지 않는다. 가해자는 아이의 경계심을 무너뜨리는 단계부터 시작한다.

- 접근과 친밀감 형성: "프로필 사진 예쁘다", "요즘 학교생활 힘들지?"라며 아이의 외로움과 인정 욕구를 채워준다.
- 비밀 형성: "우리 둘만의 비밀이야", "엄마한테는 말하지 마"라며 아이를 부모와 친구로부터 심리적으로 고립시킨다.
- 성적 요구로의 전환: 신뢰가 쌓이면 "너를 더 알고 싶어", "몸 사진을 보

내주면 사랑을 증명해 줄게"라며 서서히 성적인 요구를 시작한다.

둘째, 협박과 노예화(Sextortion)

아이가 사진이나 영상을 보내는 순간, 가해자의 태도는 돌변한다. 다정했던 가면을 벗고 "학교 게시판에 올리겠다", "부모님께 전송하겠다"라며 협박한다. 이때부터 아이는 '협박의 노예'가 되어 더 수위 높은 영상을 찍거나, 가해자가 시키는 엽기적인 행동을 강제로 하게 된다. 이것은 단순한 괴롭힘이 아니라 '디지털 성 착취'다.

셋째, 피해를 키우는 '침묵의 공포'

가장 큰 비극은 피해 아이들이 입을 다문다는 것이다.

- "부모님이 알면 실망하실 거야."
- "내 잘못이라서 신고할 수도 없어."
- "사진이 유포되면 내 인생은 끝이야."

이러한 공포 때문에 아이들은 지옥 같은 시간을 홀로 견딘다. 신고가 늦어질수록 유포의 범위는 넓어지고, 아이의 정서는 회복 불가능할 정도로 파괴된다.

정택수 센터장은 단호하게 말한다.

"아이들은 잘못해서 피해를 당한 것이 아니다. 누군가의 악의가

아이의 정서를 파괴한 것이다.”

따라서 교육은 분명해야 한다. “네가 조심했어야지”라는 질책 대신, “어떤 상황에서도 네 잘못이 아니다. 협박을 받은 즉시 어른에게 말하면 반드시 해결할 수 있다”라는 절대적인 신뢰와 안전감을 심어 주어야 한다. 디지털 성범죄로부터 아이를 구하는 유일한 열쇠는 비난이 아닌 ‘연결’이다.

3

AI 윤리의
국가 기준 체계 이해

AI 기술이 교실과 가정에 물밀듯이 들어오고 있다. 많은 부모와 교사는 불안해한다.

"이 AI가 우리 아이에게 유해한 말을 하면 어떡하지?"

"아이의 데이터가 팔려나가는 건 아닐까?"

이 불안을 잠재우기 위해, 윤리는 더 이상 개발자의 양심이나 개인의 선택 문제가 아니다. 국가가 시스템으로 보장하는 '안전 기준'의 문제가 되었다.

첫째, 대한민국은 'AI 윤리'를 국가 전략으로 채택했다.

우리 정부(과학기술정보통신부, 교육부 등)는 2020년 '국가 인공지능 윤리기준'을 확립했다. 이는 도로에 신호등과 횡단보도를 만드는 것

                                기술이 아이를 살릴 수 있을까?

과 같다. 운전자의 선한 마음만 믿고 아이들을 도로에 내보낼 수 없듯이, 기업의 선의만 믿고 아이들에게 AI를 쥐어 줄 수는 없기 때문이다. 이 기준 체계는 '인간성(Humanity)'을 최상위 가치로 두고, AI가 인간을 도구화하거나 통제하지 못하도록 강력한 가이드라인을 제시한다.

둘째, 이것은 학교 현장의 '도입 기준'이다.

현재 교육청이 추진하는 AI 디지털 교과서나 에듀테크 프로그램은 아무거나 학교에 들어올 수 없다. 국가가 정한 윤리 기준(안전성, 프라이버시 보호, 편향성 제거 등)을 통과한 제품만이 아이들 책상 위에 올라갈 수 있다. 즉, 이 기준 체계는 학교 담장을 넘기 위한 '최소한의 안전 필터'다.

셋째, 학부모와 교사가 가져야 할 '질문의 무기'다.

왜 이 기준을 알아야 할까? 개발자나 공무원이 되기 위해서가 아니다. 아이들을 보호하는 소비자가 되기 위해서다.

이 기준을 알면 맹목적으로 기술을 수용하는 대신, 다음과 같이 따져 물을 수 있다.

· "이 AI 튜터는 아이의 데이터를 어떻게 폐기하나요?"(프라이버시권)
· "이 알고리즘은 아이에게 편향된 정보를 주지 않나요?"(공정성)
· "문제가 생기면 누가 책임지나요?"(책임성)

결국 AI 윤리 국가 기준 체계는 단순한 매뉴얼이 아니다. 기술의 폭주로부터 우리 아이들의 존엄성을 지키기 위해, 우리 사회가 합의한 '사회적 안전망'이자 '디지털 헌법'과 같다. 따라서 교사와 학부모는 이 기준을 명확히 이해하고, 기업과 학교에 당당히 안전을 요구해야 한다.

4

AI 윤리 국가 표준(KS X 8001)의 핵심 내용

우리가 아이가 쓸 연필이나 자전거 헬멧을 고를 때 'KS 마크(국가 표준)'를 확인하듯, 인공지능에도 아이들을 지킬 안전 기준이 필요하다. KS X 8001은 바로 그 기준이다.

이 표준은 단순히 기술적인 오류를 잡는 매뉴얼이 아니다.

"인공지능이 인간의 보편적 가치를 훼손하지 않고, 윤리적으로 작동하는가?"

이를 검증하는 우리 사회의 '디지털 안전 헌장'이다.

핵심은 다음 세 가지 기둥으로 요약된다.

첫째, 인간 중심(Human-Centric)

· "AI는 도구일 뿐, 주인이 아니다."

· 가장 중요한 원칙이다. AI가 아무리 똑똑해도 인간을 조종하거나, 인간의 판단을 대신해서는 안 된다.

· 교육적 의미: 아이가 AI의 알고리즘이 추천하는 대로만 따라가게(수동적 객체) 만들어서는 안 되며, 아이가 AI를 주도적으로 활용(능동적 주체)하도록 설계되어야 한다.

둘째, 신뢰성(Reliability & Transparency)

· "AI는 가면을 쓰지 않아야 한다."

· AI가 내놓은 결과는 믿을 수 있어야 하며, 왜 그런 결과가 나왔는지 설명할 수 있어야 한다(설명 가능성). 속을 알 수 없는 '블랙박스'가 되어서는 안 된다.

· 교육적 의미: AI 튜터가 아이에게 낮은 점수를 줬다면, '왜 틀렸는지?', '어떤 기준으로 평가했는지'를 아이와 학부모가 납득할 수 있게 설명해 줘야 한다.

셋째, 안전 보장(Safety)

· "무해(Harmless)함이 전제되어야 한다."

· AI 사용 과정에서 신체적 위험뿐만 아니라, 편향된 정보나 혐오 표현으로 인한 '정서적 상해'가 발생해서는 안 된다.

· 교육적 의미: 아이들이 사용하는 챗봇이 차별적 발언을 하거나, 자해를 유도하는 답변을 하지 못하도록 기술적인 안전장치가 잠겨 있어야 한다.

결국 아동·청소년 교육에서 KS X 8001의 의미는 명확하다. 과거에

기술이 아이를 살릴 수 있을까?

는 "이 AI가 얼마나 똑똑한가?(성능)"를 물었다면, 이제는 "이 AI가 우리 아이의 정서와 성장에 안전한가?(윤리)"를 먼저 묻겠다는 국가적 선언이다.

5

국가 표준에 따른
인공지능 3대 기본 원칙

국가 표준(윤리 기준)은 복잡한 조항 이전에, 인공지능이 절대 넘어서는 안 될 세 가지 절대 원칙(The 3 Basic Principles)을 천명하고 있다. 이 원칙은 개발자뿐만 아니라, AI를 사용하는 교사와 아이들도 반드시 마음에 새겨야 할 '디지털 헌법'이다.

1) 인간의 존엄성 원칙(Human Dignity)

"인간은 수단이 아니라 목적이다."

핵심 정의

· AI는 인간의 생명과 정신적·신체적 온전함을 해쳐서는 안 되며, 인간의 존엄을 훼손하는 방식으로 개발되거나 활용되어서는 안 된다. AI의 효율성이 아무리 높아도 사람의 가치보다 우선할 수 없다.

"성적 데이터보다 아이의 자존감이 먼저다."

· AI 튜터나 분석 도구가 아이의 성적 하락을 지적할 때, 아이를 비난하거나 '실패자'로 낙인찍는 표현을 해서는 안 된다.

· AI는 아이의 부족함을 데이터로 분석하더라도, 그 피드백의 끝은 항상 '격려'와 '가능성'을 열어 주는 방향이어야 한다. 아이가 기술 앞에서 주눅 들게 만드는 교육은 윤리적이지 않다.

2) 사회의 공공선 원칙(Public Good)

"누구도 소외되지 않는 기술이어야 한다."

· AI는 소수의 이익이나 특정 계층의 편의만을 위해 존재해서는 안 되며, 사회 전체의 안녕과 특히 취약계층(아동, 장애인, 노인 등)의 권익을 증진하는 방향으로 쓰여야 한다.

"디지털 격차가 꿈의 격차가 되어서는 안 된다."

· 돈이 있는 아이들만 좋은 AI 교육을 받고, 그렇지 못한 아이들은 도태되는 구조를 경계해야 한다.

· 학교에서의 AI·XR 교육은 가장 느린 아이, 가장 환경이 어려운 아이도 쉽게 접근하고 혜택을 누릴 수 있도록 '포용적(Inclusive)'으로 설계되어야 한다.

3) 기술의 합목적성 원칙(Purposiveness)

"목적을 잃은 기술은 흉기다."

· AI는 인류가 추구하는 가치와 목적에 부합하게 사용되어야 한다. 기술 자체가 목적이 되어서는 안 되며, 인간의 행복을 위한 '수단'으로서의 본분을 지켜야 한다. 우리가 이 기술을 왜 쓰는지, 그 '존재의 이유'를 잊지 말라는 경고다.

"AI는 훌륭한 비서일 뿐, 스승은 아니다."

· 편리하다는 이유로 AI에게 아이의 인성 교육이나 정서 케어를 전적으로 떠넘겨서는 안 된다.

· AI는 지식을 전달하는 효과적인 '수단'일 뿐이며, 아이의 인격과 정서를 기르는 교육의 '참된 목적(전인적 성장)'은 여전히 사람(교사, 부모)의 몫임을 잊지 않아야 한다.

기술이 아이를 살릴 수 있을까?

6

국가 표준에 따른
인공지능 10대 윤리 기준

앞선 3대 원칙이 '정신'이라면, 이 10대 기준은 현장에서 즉시 적용해야 할 '행동 수칙(Action Items)'이다. XR·AI 교육 콘텐츠의 기획부터 수업 운영, 사후 관리까지 전 과정에 이 기준을 안전 체크 리스트(Safety Checklist)로 활용해야 한다.

1그룹 : 인간성을 보호하는 기준	
1. 무해성 (Harmlessness):	"아이의 몸과 마음에 상처를 주지 않는다." - XR의 몰입감이 정서적 트라우마가 되지 않도록 콘텐츠의 충격 강도를 조절해야 한다.
2. 자율성 (Autonomy)	"선택은 AI가 아니라 아이가 한다." - AI가 아이를 통제하거나 조종해서는 안 되며, 최종 선택권은 항상 학생에게 보장되어야 한다.
3. 사생활 보장성 (Privacy)	"나의 데이터는 나의 것이다." - 교육 중 수집된 민감한 개인정보와 생체 기록은 철저히 보호되고, 목적 외 사용이 금지되어야 한다.

4. 투명성 (Transparency)	"왜 그런 결과가 나왔는지 설명한다." - AI가 내린 평가나 결과에 아이와 교사가 이해할 수 있도록 설명 가능한 근거를 제시해야 한다.
5. 신뢰성 (Reliability)	"언제나 믿을 수 있어야 한다." - 기술적 오류나 오작동 없이 안정적으로 작동하며, 반복 검증이 가능해야 한다.
6. 편익성 (Benefit)	"재미가 아니라 성장에 도움이 되어야 한다." - 단순한 흥미 유발을 넘어, 교육적으로 실질적인 도움과 유익함을 제공해야 한다.

3그룹: 사회와 연결되는 기준

7. 공정성 (Fairness):	"차별 없이 누구에게나 공평해야 한다." - 특정 성별, 인종, 능력에 불리하게 작동하지 않도록 데이터의 편향성을 제거해야 한다.
8. 책임성 (Accountability)	"책임질 수 없는 기술은 쓰지 않는다." - 문제가 발생했을 때 기술 뒤에 숨지 않고, 개발자와 운영자가 명확히 책임을 져야 한다.
9. 연대성 (Solidarity)	"고립이 아니라 연결을 만든다." - 기술이 아이를 혼자만의 세계에 가두지 않고, 친구 및 사회와 관계를 맺도록 도와야 한다.
10. 지속성 (Sustainability)	"오늘의 자극보다 내일의 성장을 생각한다." - 단기적인 성과에 집착하지 않고, 아이의 장기적인 행복과 성장에 기여해야 한다.

7

아동·청소년 교육에서의
윤리 기준 적용 방향

디지털 XR·AI 윤리는 교실 벽에 붙여놓는 '선언문'이 아니다. 윤리는 아이들이 스마트폰을 켜는 순간, 게임에 접속하는 순간 작동해야 하는 '실전 생존 기술'이어야 한다.

아동·청소년 교육에서 윤리 기준을 적용할 때 가장 중요한 대원칙은 하나이다.

"무조건 막는 것(통제)보다, 왜 위험한지 스스로 느끼게 하는 것(인식)이 훨씬 강력하다."

교사는 다음 네 가지 실천 원칙을 수업의 기준으로 삼아야 한다.

1) 순서의 재정의 : 先 정서, 後 기술

"기술(Tech-On)을 켜기 전에, 마음(Heart-On)부터 켜십시오."

- · 기존 교육: 기기 사용법을 먼저 가르치고, 주의사항을 나중에 말함.
- · 미래 교육: 아이의 현재 감정 상태와 안전을 먼저 점검한 후, 기기를 지급함.
- · 적용: "오늘 마음이 힘든 친구는 VR 체험 대신 선생님과 이야기하자."라는 선택권을 주는 것 자체가 윤리 교육이다.

2) 타인 인식 : 화면 뒤에 '생명'이 있다

"데이터가 아니라 사람을 대하듯 행동하게 하십시오."

- · 기존 교육: "악플 달지 마", "욕하지 마" (규칙 나열)
- · 미래 교육: 나의 행동이 상대방의 마음에 꽂히는 '칼'이 될 수 있음을 시뮬레이션 함.
- · 적용: XR 공감 체험을 통해 피해자의 공포를 직접 느끼게 하여, '내가 아프니까 하지 말아야지'라는 자발적 윤리를 깨우치게 한다.

3) 안전지대 확보 : 숨기지 않는 용기

"비난받을까 봐 숨기는 순간, 아이는 고립됩니다."

- · 기존 교육: 사고 치면 혼냄(→ 아이들이 문제를 숨기게 만듦)
- · 미래 교육: 문제가 생겼을 때 가장 먼저 선생님을 찾도록 신뢰를 구축함.

· 적용: "혹시 이상한 사진을 받거나 실수를 해도 선생님은 절대 화내지
않아. 같이 해결해 줄게."라는 '심리적 안전장치'를 먼저 약속한다.

4) 회복력 : 디지털 실수(Mistake)는 배움의 기회다

"한 번의 클릭 실수가 인생의 실패가 되게 두지 마십시오."

· 기존 교육: 디지털 낙인은 영원하다고 공포를 줌.
· 미래 교육: 실수를 인정하고, 사과하고, 수정하는 법(디지털 지우개)을
가르침.
· 적용: "실수할 수 있어. 중요한 건 그다음 행동이야."라며 회복의 방법을
알려 주는 것이 진짜 윤리이다.

교사를 위한 핵심 요약

AI와 XR을 활용한 교육에서 윤리는 '옵션'이나 '부록'이 아니다.

**"윤리가 빠진 기술 교육은 아이 손에 안전장치 없는 무기를 쥐여
주는 것과 같습니다."**

수업 설계를 시작할 때, 기술보다 윤리와 안전을 가장 먼저(First
Priority) 배치하도록 한다. 그것이 아이들을 지키는 가장 확실한 방법
이다.

8

아이들이 반드시 알아야 할
온라인 책임과 배려

아이들은 반드시 깨달아야 한다. 온라인은 현실과 동떨어진 가상 공간이 아니라, 현실의 인간관계가 가장 적나라하게 드러나는 확장된 현실임을 말이다.

우리는 아이들에게 다음 다섯 가지 진실을 가르쳐야 한다.

첫째, 온라인은 '벽'이 아니라 '문'이다(Connection)

· 화면은 나를 숨겨 주는 방패막이가 아니다. 그것은 타인의 마음으로 연결되는 문이다.

· 온라인에서 던진 돌멩이(악플) 하나가 화면 너머의 사람에게는 실제 흉기가 되어 꽂힌다. "얼굴이 안 보인다"라는 것은 예의를 버려도 된다는 뜻이 아니라, 더욱 신중하게 말해야 한다는 뜻이다.'

　　　　　　　　　　　　　　　　기술이 아이를 살릴 수 있을까?

둘째, 디지털 발자국은 '문신'이다(Record)

· 인터넷은 망각하지 않는다. 삭제 버튼을 눌러도 서버, 캡처, 복제를 통해 어딘가에 반드시 흔적(Digital Footprint)이 남는다.

· 순간의 감정으로 올린 비방 글이나 부적절한 사진은 10년 뒤 나의 발목을 잡는 족쇄가 되어 돌아온다. "올리기 전에 3초만 멈추라(Think Before You Post)"라는 조언은 아이의 미래를 지키는 주문이다.

셋째, '방관'과 '동조'도 폭력이다(Responsibility)

· 내가 직접 욕을 하지 않았어도, 친구를 비하하는 글에 '좋아요'를 누르거나, 단톡방의 괴롭힘을 보고도 침묵했다면 그것은 '공범'이다.

· "나는 그냥 구경만 했어"라는 변명은 통하지 않는다. 폭력을 보고도 멈추지 않는 것은 그 폭력을 응원하는 것과 같다.

넷째, 배려 없는 기술은 '흉기'다(Empathy)

· 기술은 차갑지만, 그것을 쓰는 사람의 마음은 따뜻해야 한다.

· 아무리 뛰어난 코딩 실력과 해킹 능력을 갖췄어도, 타인의 아픔에 공감하지 못한다면 그 기술은 결국 남을 해치고 자신을 파멸시키는 흉기가 될 뿐이다. 인성(Humanity)이 실력보다 먼저다.

다섯째, '구조 요청'은 비겁함이 아니라 '용기'다(Courage)

· 온라인에서 협박을 받거나 실수를 저질렀을 때, 가장 위험한 선택은 '혼자 해결하려는 것'이다.

· 어른에게 알리는 것은 고자질이 아니라, 나와 친구를 살리는 가장 용기

있는 '구조 신호(SOS)'이다. 윤리 교육의 핵심은 아이들에게 "우리는 언제든 너를 도울 준비가 되어 있다"라는 확신을 주는 것이다.

윤리 교육은 아이들에게 "혼자 버티지 않아도 된다"라는 메시지를 반드시 전달해야 한다.

기술이 아이를 살릴 수 있을까?

9

판단력·자기 조절력·정보 해석력
역량 강화

아이들은 반드시 깨달아야 한다.

스마트폰 속 세상은 현실과 동떨어진 가상 공간이 아니다. 오히려 현실의 인간관계가 가장 적나라하고 잔인하게 드러나는 확장된 현실(Extended Reality)이다.

아이들이 디지털 정글에서 안전하게 살아남기 위해 반드시 갖춰야 할 다섯 가지 진실과 세 가지 핵심 역량을 정리해 본다.

이 역량들은 단순한 학습 능력이 아니라, 현대 사회의 '생존 능력'이다.

첫째, 판단력(Judgment)

위기 상황에서 아이를 위험으로부터 한 걸음 떨어뜨려 주는 방패,

그것은 곧 디지털 세상의 수많은 정보와 상황 속에서 올바른 결정을 내리는 힘이다.

· 정보의 출처 확인하기: '누가, 왜 이 정보를 만들었을까?'를 항상 먼저 생각하는 습관을 기른다.
· 사실(Fact) 우선주의: 감정적으로 반응하기 전에 내용의 진위 여부를 먼저 살피는 태도가 필요하다.
· 다수 의견의 비판적 수용: '좋아요'가 많거나 많은 사람이 동의한다고 해서 그것이 항상 옳은 것은 아님을 인식해야 한다.

둘째, 자기 조절력(Self-Regulation)

감정의 파도에 휩쓸리지 않고 나를 지키는 힘

정택수 센터장의 상담 경험에 따르면, 자기 조절력이 높은 아이일수록 위험 상황(극단적 선택 등)에 노출될 확률이 현저히 낮다.

· 알림(Push) 끄기: 스마트폰이 나를 부르게 하지 말고, 내가 필요할 때 스마트폰을 찾도록 주도권을 가져온다.
· 사용 시간 스스로 제한하기: 외부의 강압이 아닌, 스스로 약속한 시간만큼만 사용하는 훈련을 한다.
· 감정적 거리두기: 온라인상에서 불쾌하거나 흥분되는 일이 생겼을 때, 즉각 반응하지 않고 잠시 멈추는 연습이 필요하다.

셋째, 정보 해석력(Information Literacy)

거짓과 진실을 구별하고 본질을 꿰뚫어 보는 눈

정보의 홍수 속에서 나에게 유익하고 정확한 정보를 선별하는 능력이다.

· 가짜 뉴스(Fake News)와 조작 이미지 구분: 자극적인 제목이나 조작된 이미지에 속지 않는 팩트 체크 능력을 기른다.

· AI 생성물의 한계 인식: AI가 만든 정보나 답변이 완벽하지 않으며, 편향될 수 있음을 이해한다.

· 자극적 콘텐츠 방어: 조회수를 노린 자극적인 콘텐츠에 감정적으로 휘둘리지 않고 냉정하게 바라본다.

이 세 가지 역량(판단력, 자기 조절력, 정보 해석력)은 타고나는 재능이 아니다.

꾸준한 대화와 훈련을 통해 충분히 길러질 수 있다.

지금 바로 아이와 함께 스마트폰 사용 규칙을 점검하고, 온라인에서 본 뉴스에 관해 질문을 던져 보자.

그것이 디지털 생존 교육의 시작이다.

10

학교 현장에서 디지털 XR·AI
윤리 교육이 어려운 이유

학교 현장은 디지털·AI 윤리 교육의 시급함을 누구보다 절감하고 있다. 그러나 교사들의 열정만으로 막아 내기엔 현실의 벽이 너무나 높고 단단하다.

첫째, 압도적인 속도 차이(Time Lag)

· 교과서가 집필되고 학교에 보급되는 데는 최소 1~2년이 걸린다. 하지만 AI 기술과 신종 사이버 범죄(딥페이크, 신종 도박)는 매주 새로운 형태로 진화한다.

· 교사가 수업 준비를 위해 연수를 받는 순간, 아이들은 이미 그다음 기술을 쓰고 있다. 교육 과정이 기술의 속도를 따라잡지 못하는 '구조적 지체'가 발생한다.

　　　　　　　　　　　　　기술이 아이를 살릴 수 있을까?

둘째, 시공간의 붕괴와 사생활의 벽

· 학교 폭력은 교문 안에서 일어나지만, 디지털 폭력은 방과 후, 심야 시간, 주말에 아이들의 침실(비밀 채팅방, 텔레그램 등)에서 일어난다.
· 교사의 생활 지도 권한이 미치지 못하는 '사생활의 영역'에서 사건이 터지기 때문에, 교사는 늘 사태가 심각해진 뒤에야 통보받는 '사후 수습자'가 될 수밖에 없다.

셋째, 교사의 역할 과부하(Overload)

· 디지털 성범죄, 온라인 도박, 자해 인증 숏 등은 단순한 생활 지도의 영역을 넘어선다. 이는 수사 전문가, 심리 치료사, 중독 전문가가 필요한 영역이다.
· 하지만 학교는 이 모든 짐을 담임 교사 한 명에게 지운다. 전문적인 도구와 권한 없이 맨몸으로 아이들을 지켜야 하는 교사들은 두려움과 무력감을 느낀다.

넷째, 정서와 기술의 복잡한 얽힘

· 아이가 수업 시간에 태블릿으로 딴짓을 하는 건 단순한 규칙 위반이 아니다. 그 이면에는 게임 중독, 현실 도피, 정서적 결핍이 깔려 있다.
· 기술적인 통제(차단 앱)만으로는 아이의 마음을 고칠 수 없는데, 학교 현장에는 아이의 '디지털 마음'을 진단하고 치유할 시스템이 부재하다.

학교 혼자서는 불가능하다. '연결'이 답이다. 이러한 이유로 현재의 디지털 윤리 교육은 종종 형식적인 동영상 시청이나 지식 전달로 축소된다. 하지만 분명한 사실은, 디지털 윤리는 암기 과목이 아니라 '생명 보호 활동'이라는 점이다.

따라서 이 문제는 학교 담장 안에서 해결하려 해서는 안 된다.

가정(1차 방어선) – 학교(교육 및 발견) – 전문기관(심층 치유 및 체험 교육)이 유기적으로 연결된 '총체적 지원 체계'가 필수적이다.

교사를 탓할 것이 아니라, 교사가 기댈 수 있는 외부의 전문적인 어깨(XR 교육센터, 상담 전문가)를 내어주는 것이 시급하다.

제2장 결론

디지털 XR·AI 윤리는 기술 교육이 아니라 생명 교육이다.

아동·청소년에게 디지털 세상은 더 이상 현실의 보조 수단이 아니다. 이미 그들의 관계, 감정, 자존감, 그리고 생존 자체가 걸려 있는 '제1의 생활 공간'이 되었다.

이 공간은 화려하지만 잔인하다.

· 보이지 않는 칼날과 같은 조롱과 배제,
· 영혼을 갉아먹는 조작된 이미지와 딥페이크,
· 끝없는 비교를 부추겨 자존감을 무너뜨리는 알고리즘,
· 아이의 고독을 사냥하는 디지털 성범죄가 도처에 널려 있다.

이러한 위험은 아이에게 "조심해라"라고 말한다고 해결될 문제가 아니다. 이것은 아직 판단력이 미숙하고 정서가 여린 아이들의 가장 약한 고리를 정면으로 겨냥하는 '구조적 위협'이다.

 기술이 아이를 살릴 수 있을까?

그렇기에 디지털 XR·AI 윤리의 목표는 수정되어야 한다. 코딩을 잘하고, 기기를 능숙하게 다루는 '기능인'을 만드는 것이 아니라, 거대한 기술의 파도 속에서 자신의 존엄을 잃지 않고 버텨 낼 '생존자'를 길러 내는 것이어야 한다.

앞서 살펴본 바, 국가 AI 윤리 기준과 KS X 8001, 그리고 3대 원칙은 단순한 법전이 아니다. 이것은 무법천지인 디지털 정글에서 우리 아이가 최소한의 안전을 보장받을 수 있도록 어른들이 깔아 주어야 할 '마지막 안전망'이다.

이 장을 관통하는 질문은 단 하나다. "기술을 어떻게 사용할 것인가?"(How to Use)가 아니라, "기술 속에서 아이가 어떻게 살아남을 것인가?"(How to Survive)이다.

다행인 사실은, 디지털 윤리 역량은 타고나는 것이 아니라는 점이다. 위험을 감지하는 감각(Sense), 타인의 고통에 공감하는 마음(Empathy), 그리고 위기 상황에서 "도와달라"라고 외칠 수 있는 용기(Courage)는 교육과 훈련을 통해 충분히 길러질 수 있다.

이제 학교와 가정, 그리고 지역 사회(전문기관)가 함께 움직여야 한다. 우리가 아이들에게 쥐여 주어야 할 것은 최신형 스마트기기가 아니라, 그 기기 앞에서도 흔들리지 않는 단단한 마음의 '구명조끼'다.

기술이 아무리 인간을 압도하는 속도로 발전하더라도, 결국 그 기술을 통제하고 사용하는 주체는 '사람'이어야 하기 때문이다.

활동 1. 나의 디지털 습관 돌아보기

Q. 나는 하루에 스마트폰을 얼마나 사용하나요?

　□ 1시간 이하　□ 1-3시간　□ 3-5시간　□ 5시간 이상

Q. 내가 가장 많이 사용하는 앱 3가지는 무엇인가요?

　① 　　　　　　　② 　　　　　　　③

Q. 스마트폰이나 SNS를 사용한 뒤, 내 감정은 어떤가요?(여러 개 선택 가능)

　□ 편안하다　□ 즐겁다　□ 불안하다　□ 우울하다

　□ 비교하게 된다　□ 에너지가 없다

Q. 가장 자주 느끼는 감정은 무엇인가요? ＿＿＿＿＿＿＿＿＿＿＿＿＿

활동 2. 온라인 위험 경험 살펴보기

Q. 다음 중 내가 직접 경험했거나, 주변에서 본 적 있는 것을 체크하세요.

　□ 단톡방에서 나를 투명 인간 취급하거나 비꼬는 말을 들었다.

　□ 조롱 메시지 또는 댓글　□ SNS 악플　□ 딥페이크·조작 영상

　□ 사기성 DM　□ 개인정보 요구　□ 불편한 사진·영상 요구

　□ 온라인 성희롱

Q. 그때 나는 어떤 감정을 느꼈나요? (불안 / 화 / 슬픔 / 무력감 / 아무 느낌 없음 등)

활동 3. '온라인도 현실이다' 생각 연결하기

Q. 아래 상황을 읽고, 내가 할 수 있는 가장 건강한 행동을 적어 보세요.

상황 1 · 친구 사진을 누군가 단톡방에 올리며 조롱하고 있다.

→ 나의 행동:

상황 2 · 친구가 "너무 힘들다"라고 DM을 보냈다.

→ 나의 행동:

상황 3 · 내가 올린 글에 악플이 달렸다.

→ 나의 행동:

활동 4. 나의 자기 조절 전략 세우기

Q. 스마트폰 사용 시간을 줄이기 위해 내가 실천할 수 있는 방법 두 가지

· ____

· ____

Q. 감정이 흔들릴 때, 내가 할 수 있는 행동 세 가지
(예: 잠시 멈추기, 산책, 음악 듣기, 믿을 수 있는 사람에게 말하기 등)

· ____

· ____

· ____

활동 5. 건강한 디지털 행동 선언문

Q. 아래 문장을 내가 지킬 수 있는 말로 다시 써 보세요.

1) "온라인에서도 사람을 배려하겠다."

→

2) "확실하지 않은 정보는 퍼뜨리지 않겠다."

→

3) "나와 타인의 안전을 먼저 생각하겠다."

→

Q. 내가 가장 중요하게 지키고 싶은 한 문장을 골라 적어 보세요. (나만의 디지털 약속)

디지털 시민 서약(Digital Citizen Pledge)

스스로를 지키고 타인을 존중하는 약속

"나 (   )은(는) 온라인 세상도 현실과 똑같이 소중한 공간임을 안다. 나는 보이지 않는 곳에서도 타인을 존중하고, 거짓된 정보에 흔들리지 않으며, 무엇보다 나 자신의 몸과 마음을 가장 먼저 보호할 것을 약속한다."

202 년 월 일

서약자: _________________ (인)

3장

정서·감정 치유 교육:
생명 존중 인식의 출발점

1

정서 안정이 학습과
생명 존중의 핵심인 이유

"뇌가 불안을 느끼면, 학습 회로는 닫히고 생존 회로만 작동한다."

아동·청소년의 학습, 행동, 그리고 삶을 대하는 근본적인 태도의 뿌리에는 '정서(Emotion)'가 자리 잡고 있다. 흔히 교육 현장에서는 학습 능력(IQ)과 정서 능력(EQ)을 별개의 영역으로 구분하려 하지만, 뇌과학적 관점에서 이 둘은 하나의 회로로 긴밀히 연결되어 있다.

· 뇌의 메커니즘과 생존 본능: 인간의 뇌 구조에서 감정을 담당하는 변연계(Limbic System), 특히 공포와 불안을 감지하는 편도체(Amygdala)가 과활성화되면, 이성적 판단과 고차원적 사고를 담당하는 전두엽(Frontal Lobe)으로 가는 혈류와 신호가 차단된다.

· 비상사태(Emergency) 선포: 정서적으로 불안하거나 심리적 위협을 느

   기술이 아이를 살릴 수 있을까?

끼는 아이의 뇌는 즉시 '비상사태'를 선포한다. 이때 아이가 가진 모든 정신적 에너지는 공부나 미래를 계획하는 창조적 활동이 아니라, 오직 당장의 불안을 견디고 위험을 회피하는 '생존(Survival)'에만 소진된다.

정택수 센터장은 위기 청소년을 수없이 상담하며 명확한 결론을 내렸다.

"정서가 무너지면 학습·관계·생명도 도미노처럼 함께 무너진다."

문제는 아이들이 자신의 내면에서 일어나는 복잡한 불안을 어른들이 이해할 수 있는 언어로 설명하지 못한다는 점이다. 대신 그들은 다음과 같은 '행동 언어'로 필사적인 구조 신호를 보낸다.

· 공격성: 이유 없는 반항, 욕설, 폭력적 행동
· 회피: 등교 거부, 무기력한 침묵, 방 안에 갇히는 은둔
· 자해: 신체적 고통을 통해 정신적 고통을 잊으려는 자살 시도

따라서 진정한 의미의 생명 존중 교육은 "생명은 소중하다"라는 윤리적 지식을 주입하는 것이 아니다. 아이의 마음속에 휘몰아치는 불안의 파도를 잠재우고, '심리적 안전지대(Psychological Safety Zone)'를 견고하게 구축해 주는 것에서부터 시작해야 한다. 정서 안정은 아이가 세상을 살아갈 수 있게 하는 첫 번째 면역력이자, 최후의 보호막이다.

2

재활승마의
정서·감정 치유 효과

"말馬은 아이의 겉모습이 아니라, 내면의 떨림에 반응한다."

재활승마는 단순한 신체 운동이나 레저 활동이 아니다. 이것은 거대 생명체와의 깊은 교감을 통해 닫힌 마음의 빗장을 여는 고도의 정서·감정 치유 솔루션이다. 저자가 현장에서 목격하고 분석한 치유의 메커니즘은 매우 과학적이고 체계적이다.

저자가 경험한 재활승마의 치유 원리는 다음과 같다.

1) 신경계 안정 - 생체 리듬의 동기화(Rhythm Synchronization)
말이 평보(Walk)로 걸을 때 발생하는 분당 100회 내외의 리듬과 진동은 인간이 걸을 때 골반에서 느껴지는 파동과 놀랍도록 일치한다.

말 위에 앉은 아이의 뇌와 신체는 이 규칙적이고 반복적인 파동을 느끼며, 과도하게 흥분된 교감신경을 가라앉히고 부교감신경을 활성화한다. 이는 마치 어머니의 품에 안겨 흔들릴 때 느끼는 편안함과 유사하며, 신경학적으로 '깊은 이완(Deep Relaxation)' 상태에 진입하게 돕는다.

2) 관계 회복 – 비언어적(Non-verbal) 소통을 통한 신뢰 구축

상처받은 아이들은 사람의 말을 믿지 않는다. 어른들의 말은 종종 평가와 비난으로 이어지기 때문이다. 하지만 말(Horse)은 거짓말을 하지 않는다. 말은 아이가 뚱뚱하든, 공부를 못하든, 옷이 지저분하든 전혀 상관하지 않는다. 오직 아이가 자신을 어떻게 대하는지, 그 '태도'와 '진심'에만 반응한다.

이와 같은 편견 없는 수용(Unconditional Acceptance)을 경험할 때, 아이는 비로소 '나도 있는 그대로 사랑받을 수 있는 존재'라는 감각을 회복한다.

3) 자존감 향상 – 통제감과 자기 효능감(Self-Efficacy)의 획득

자신보다 몸집이 10배나 크고 무거운 동물을 나의 의지대로 움직여 보는 경험은 아이에게 강렬한 성취감을 선사한다. 이는 학습된 무기력(Learned Helplessness)에 빠져 있던 아이의 뇌에 '나도 할 수 있다, 나에게도 힘이 있다'는 강력한 도파민 보상을 제공한다. 작은 성공 경험의 누적은 삶을 주도적으로 살아가게 하는 자존감의 원천이 된다.

4) 자기 객관화 – 감정의 거울 효과(Mirroring)

　말은 감정의 거울이다. 아이가 긴장하여 몸을 굳히면 말도 즉시 근육을 경직시키고, 아이가 편안해져서 숨을 내쉬면 말도 고개를 숙이며 안정을 찾는다. 아이는 말의 즉각적인 반응을 통해 자신의 현재 감정 상태를 객관적으로 인지하게 된다. '아, 내가 지금 불안해하고 있구나', '내가 화가 났구나'를 스스로 깨닫는 순간, 치유는 시작된다.

　※ 확장성 이 강력한 치유 경험은 물리적 제약을 넘어 XR(확장 현실)·AI 기술과 결합될 때, 시공간의 한계를 극복하고 더 많은 아이에게 보편적인 치유의 기회를 제공할 수 있다.

　　　　　　　　　　　　　　　기술이 아이를 살릴 수 있을까?

3

아이들이 먼저
'느끼는 힘'을 되찾는 과정

"감정을 잃어버린 아이는, 나를 지키는 신호등이 꺼진 것과 같다."

오늘날 아이들은 '감정 불감증(Alexithymia)'에 가깝다. 경쟁에 내몰려 감정을 억압하거나, 디지털 자극에 중독되어 미세한 감정을 느끼지 못한다. 그러나 생명 존중은 '고통을 고통으로, 기쁨을 기쁨으로' 느끼는 감각이 살아날 때 가능하다.

아이들이 건강한 정서를 되찾는 과정은 4단계의 체계적인 훈련이 필요하다.

1) 1단계: 감정 인지(Awareness)

자신의 상태를 명확히 알아차리는 단계다. 아이들은 흔히 모든 부정적 감정을 '짜증 나'라는 단어 하나로 뭉뚱그린다. 이를 '지금 나는 불안해', '나는 억울해', '나는 서운해'와 같이 구체적인 감정의 이름을 붙여 주는 과정이다. 이름 붙여진 감정은 더 이상 아이를 압도하지 못한다.

2) 2단계: 감정 표현(Expression)

인지한 감정을 안전하게 몸 밖으로 배출하는 단계다. 말이나 글뿐만 아니라, 승마, 미술, 스포츠, 혹은 실감형 XR 체험을 통해 에너지를 발산해야 한다. 고인 물이 썩듯, 표현되지 않고 내면에 억압된 감정은 독이 되어 결국 자신을 공격한다.

3) 3단계: 감정 조절(Regulation)

감정에 휘둘리지 않고 파도를 타는 법을 배운다. 화가 날 때 심호흡을 하거나, 말의 따뜻한 목을 쓰다듬으며 진정했던 경험, 혹은 믿을 수 있는 멘토와 대화하며 안정을 찾는 연습이다. 이는 충동적인 자해나 자살 시도를 막는 가장 중요한 브레이크가 된다.

4) 4단계: 생명감의 확장(Expansion)

나의 감정이 소중함을 깨닫는 순간, 타인의 감정도 소중함을 알게 된다. 공감 능력이 깨어나는 것이다. 이때 비로소 '나는 살아있어서 다행이다', '너도 소중한 존재다'라는 생명 존중 의식이 머리가 아닌 가슴에 뿌리내린다.

이 과정이 이루어질 때 아이들은 비로소 미래를 상상하고 선택할 힘을 회복한다.

4

청소년 우울·불안의
증가 원인

**"아이들의 마음은 왜 병들고 있는가?
그것은 개인의 문제가 아닌 환경의 병리다."**

정택수 센터장과 현대 심리학 연구들은 공통적으로 다음의 다섯 가지를 청소년 정신 건강 위협의 핵심 원인으로 지목한다.

1) 비교 지옥과 SNS의 전시 문화

SNS 속 타인의 삶은 완벽하게 편집된 하이라이트다. 아이들은 자신의 초라한 현실(비하인드 씬)과 타인의 화려한 무대를 끊임없이 비교하며 상대적 박탈감과 자기 비하에 빠진다. 이는 자존감을 갉아먹는 가장 큰 주범이다.

2) 초연결 사회 속의 고립(Hyper-connected Isolation)

아이들은 온라인에서 24시간 연결되어 있지만, 정작 마음을 터놓고 이야기할 깊이 있는 관계는 단절된 '군중 속의 고독'을 겪는다. "팔로워는 많지만, 친구는 없다"라는 역설이 아이들을 외롭게 한다.

3) 결과 중심의 가혹한 평가 시스템

과정의 노력은 무시되고 오직 등급과 점수만 남는 사회 분위기 속에서, 아이들은 '실패=인생의 낙오'라는 공포를 학습한다. '성적을 내야만 사랑받을 수 있다'는 조건부 사랑은 만성적인 불안을 낳는다.

4) 디지털 도파민 중독과 전두엽 약화

숏폼(Short-form) 영상 등 즉각적인 보상과 자극은 뇌의 전두엽 발달을 저해한다. 이는 지루함을 견디는 힘(인내심)과 깊은 사고력을 앗아가고, 작은 스트레스에도 쉽게 무너지는 '유리 멘탈'을 만든다.

5) 가정 내 정서적 안전기지의 상실

맞벌이와 바쁜 일상 때문에 부모와 자녀 간의 따뜻한 '눈 맞춤'과 '대화'가 사라졌다. 아이가 세상에서 상처받고 돌아왔을 때, 쉴 수 있는 심리적 베이스캠프가 무너져 있는 상태다.

 기술이 아이를 살릴 수 있을까?

5

정서를 기반으로 한 생명 교육 모델
(감정 → 관계 → 자기 존중)

아동·청소년의 생명 존중 의식은 교과서로 배우는 지식이 아니다. 마음에서 마음으로 흐르는 '경험의 과정'이다. 이를 위해 **감정 → 관계 → 자기 존중**으로 이어지는 선순환 모델을 교육에 적용해야 한다.

STEP 1. 감정 수용(Emotion Validation)

· 핵심 메시지: "네가 느끼는 그 감정은 틀리지 않았어. 많이 힘들었구나."

· 실천: 어른의 잣대로 판단하거나 섣불리 충고하지 않고, 아이의 현재 상태를 있는 그대로 인정해 주는 것(Validation)이다. 자신의 감정이 수용되었다고 느낄 때, 아이의 굳게 닫힌 마음은 열리기 시작한다.

STEP 2. 관계 연결(Relational Connection)

· 핵심 메시지: "너는 혼자가 아니야. 내가 여기 있어."

· 실천: 말(동물), 친구, 교사, 혹은 AI 튜터와의 상호작용을 통해 '연결감'
을 회복한다. 고립감은 죽음의 그림자이지만, 건강한 관계는 생명을 붙
잡는 동아줄이다.

STEP 3. 자기 존중 완성(Self-Respect & Agency)

· 핵심 메시지: "나는 꽤 괜찮은 사람이야. 살아갈 가치가 있어."
· 실천: 안전한 감정과 신뢰할 수 있는 관계를 바탕으로, 아이는 자신을
긍정적으로 바라보게 된다. 이것이 곧 외부의 위협(사이버불링, 학업 스
트레스)으로부터 나를 지키는 단단한 자아가 된다.

이 모델은 재활승마 현장에서, 전문 심리상담실에서, 그리고 우리가
만들어 갈 미래의 XR·AI 교육 플랫폼에서 동일하게 작동하는 생명 회
복의 핵심 알고리즘이다.

기술이 아이를 살릴 수 있을까?

6

위기 청소년 치료 사례가
주는 메시지

정택수 센터장이 실제 상담했던 한 청소년의 사례는 정서 치유가 생명을 어떻게 구하는지 극적으로 보여 준다. 그 아이는 [사이버 괴롭힘 → 등교 거부 및 고립 → 자해 반복 → 자살 시도]라는 전형적인 위기 청소년의 붕괴 과정을 겪고 있었다.

아이를 다시 세상 밖으로 나오게 한 건, 어떤 뛰어난 기술이나 논리적인 설득이 아니었다. 상담자의 눈물 어린 공감과 진심이 담긴 한 마디였다.

"그동안 얼마나 무서웠니? 네가 잘못해서 그런 게 아니야. 너는 그동안 너 자신을 지키기 위해 처절하게 싸워 왔던 거야. 살아있어 줘서 고맙다. 정말 고생했다."

자신의 고통을 비난받지 않고 '인정'받은 순간, 아이는 억눌러왔던 울음을 터뜨렸다. 그 눈물은 패배의 눈물이 아니라, 얼어붙었던 생명력이 다시 흐르기 시작했다는 신호였다. 이후 아이는 상담과 재활 활동을 통해 타인과 관계 맺는 법을 다시 배웠고, 지금은 자신과 같은 처지의 친구를 돕는 멘토로 성장했다.

재활승마 현장에서 내가 경험한 것도 이와 다르지 않다. 말은 상처 입은 아이를 등 위에 태우고 묵묵히 걸어 준다. 그 따뜻한 체온과 부드러운 움직임이 아이에게 말 없는 위로를 건넨다. "내가 너를 받쳐 줄게. 너는 떨어지지 않아. 여기는 안전해."

우리가 명심해야 할 단 하나의 진실은 이것이다. 위기 청소년을 살리는 힘은 결국 '기술(Tech)'이 아니라 '접촉(Touch)'이다. 기술은 거들 뿐, 사람을 살리는 것은 사람(혹은 생명)의 온기와 관심이다.

제3장 결론 : 감정이 살아야 생명이 산다.

정서·감정 치유는 교육의 부가적인 '옵션(Option)'이 아니라, 생명 존중 교육의 '전제 조건(Prerequisite)'이자 가장 강력한 '출발점'이다. 감정이 회복되지 않은 상태에서 이루어지는 지식 교육은 모래 위에 성을 쌓는 것과 같다.

아이의 감정이 살아야 관계가 시작되고, 관계가 이어져야 자존감이 생기며, 자존감이 굳건해야 생명의 소중함을 깨닫는다.

나의 재활승마 경험, 정택수 센터장의 생명 존중 철학, 그리고 앞으로 펼쳐질 엘콤XR의 혁신적인 기술 교육은 각기 다른 도구를 쓰지만, 목표는 하나로 귀결된다. 아이들이 '나는 사랑받을 자격이 있는 소중한 존재'라는 진실을 깨닫게 하는 것이다.

기억해야 한다. 정서 회복은 전문가만 할 수 있는 거창한 의술이 아니다. 아이의 눈을 한 번 더 바라봐 주는 것, 아이의 말 없는 표정을 읽어 주는 것, "오늘 기분이 어때?"라고 물어봐 주는 작은 관심. 바로 그곳에서 죽어 가던 아이의 생명 스위치가 다시 켜진다.

"아이의 감정을 돌보는 것이, 곧 아이의 생명을 지키는 것이다."

이 활동지는 자신의 감정을 들여다보고, 스스로를 치유하는 힘을 기르기 위해 설계되었다. 정답은 없다. 솔직한 마음을 기록하면 된다.

활동 1. 나의 감정 온도 체크하기

Q. 지금 이 순간, 내 마음의 날씨는 어떤가요?

하나를 고르고, 그 이유를 짧게 적어 보세요

☐ 맑음(기쁨, 기대됨)   ☐ 흐림(지루함, 그저 그럼)   ☐ 비(슬픔, 우울함)

☐ 천둥 번개(화남, 짜증남)   ☐ 안개(불안함, 막막함)   ☐ 모르겠음

→ 그 감정을 선택한 이유 한 줄 적기:

활동 2. 나를 지치게 하는 상황 찾기

Q. 최근 1주일 동안 나를 힘들게 했던 상황 세 가지를 적어 보세요.

→ 그때 느꼈던 감정은 무엇인가요?

1) 상황 :＿＿＿＿＿＿＿＿＿＿＿＿ 기분 : (예: 억울했다, 비참했다)

2) 상황 :＿＿＿＿＿＿＿＿＿ 기분 :＿＿＿＿＿＿＿＿＿＿＿

3) 상황 :＿＿＿＿＿＿＿＿＿ 기분 :＿＿＿＿＿＿＿＿＿＿＿

기술이 아이를 살릴 수 있을까?

활동 3. 나를 살리는 '작은 성공' 기록하기

Q. 지난 일주일 동안 내가 해낸 '사소하지만 잘한 일' 세 가지는?

거창하지 않아도 된다. 예: 아침에 제시간에 일어남, 친구에게 말 걸어봄, 줄넘기 열 번 함

1) ____

2) ____

3) ____

→ 이것을 해낸 자신에게 한마디 해 보세요.

" ____ "

활동 4. 관계가 나에게 주는 힘

Q. 다음 질문에 대답해 보세요.

1) 내가 힘들 때, 내 이야기를 비난 없이 들어줄 수 있는 사람은 누구인가요?

없다면 떠오르는 캐릭터나 동물도 좋아요

→ ____

2) 그 사람(대상)에게 지금 가장 듣고 싶은 말은 무엇인가요?

→ ____

3) 내가 누군가에게 작은 도움이나 위로가 되었던 기억이 있나요?

→ ____

활동 5. 나만의 감정 회복 루틴 만들기

Q. 갑자기 우울해지거나 화가 날 때, 기분을 바꾸기 위해 할 수 있는 행동 세 가지를 정해 본다. (예: 찬물 마시기, 좋아하는 노래 한 곡 듣기, 심호흡 다섯 번 하기, 말 타던 느낌 상상하기)

[즉시 실행] ____

[기분 전환] ____

[안정 찾기] ____

여기에는 정답이 필요 없습니다.

당신의 생각이면 충분합니다.

기록하는 순간, 이미 시작된 것입니다.

교실이나 가정에서 아이들을 지켜보다 보면 참 신기한 장면을 마주하게 된다.

분명 같은 상황, 같은 사건을 겪었는데 아이들의 반응은 제각각이다. 어떤 아이는 서럽게 울음을 터뜨리고, 어떤 아이는 불같이 화를 내며, 어떤 아이는 무서운 침묵 속으로 빠져든다. 심지어 어떤 아이는 아무 일도 없었던 것처럼 웃어넘기기도 한다.

정택수 센터장은 지난 15년간 수천 명의 위기 청소년들을 만나며 한 가지 중요한 사실을 발견했다.

"아이들은 같은 아픔을 겪어도, 저마다 전혀 다른 마음의 길(알고리즘)을 따라 반응한다."

즉, 아이들마다
· 감정이 마음으로 들어오는 문(Input)
· 그 감정을 해석하고 소화하는 과정(Processing Pattern)
· 그리고 밖으로 표현하는 방식(Output), 이 모든 과정

즉 '정서 알고리즘(Emotional Algorithm)'이 서로 다르다는 것이다.

그렇기 때문에 생명 존중 교육은 단 하나의 방식만으로는 부족하다. 아이 고유의 정서 알고리즘을 이해해야 비로소 그 아이의 진짜 마음이 보이고, 마음이 보일 때 우리는 소중한 생명을 지켜 낼 수 있다. 이 장에서는 XR·AI 관찰 경험과 심리학 데이터를 바탕으로 아이들의 마음이 작동하는 네 가지 방식을 따뜻한 시선으로 들여다보고자 한다.

4장

개인 정서 알고리즘:
아이들의 감정·사고 반응을 읽는 새로운 방법

1

개인 정서 알고리즘이
생명 존중 교육의 핵심인 이유

우리는 종종 아이의 반응을 보고 '성격이 참 독특하다' 혹은 '왜 저렇게 행동하지?'라고 고개를 갸웃거린다. 하지만 이것은 단순한 성격 차이를 넘어선 이야기다. 아이가 세상을 받아들이고 감정을 처리하는 고유한 체계, 바로 '개인 정서 알고리즘'이 다르기 때문이다.

"아이들은 모두 다르게 무너지고, 또 각자의 방식으로 도움을 요청한다."

이 문장은 위기에 처한 아이들을 돕기 위해 우리가 기억해야 할 첫 번째 명제다.

어떤 아이에게는 따뜻한 위로가 생명수가 되지만, 어떤 아이에게는 논리적인 해결책이 구원이 된다. 따라서 생명 존중 교육은 하나의 수업, 하나의 대화법, 하나의 XR·AI 프로그램으로 완성될 수 없다.

아이의 마음속에서 감정이 해석되고 행동으로 나오기까지의 경로
가 모두 다르기 때문이다.

정서 알고리즘을 이해하는 것은 두 가지 측면에서 매우 중요하다.

첫째, 아이가 보내는 위기 신호를 가장 빠르고 정확하게 발견할 수
있다.
둘째, 그 아이에게 꼭 맞는 '맞춤형 치유와 개입'이 가능해진다.
결국, 정서 알고리즘을 모르면 아이의 아픔을 스쳐 지나가게 되지
만, 알고리즘을 이해하면 아이의 깊은 마음과 만날 수 있다.

2

현대 심리학을 기반으로 한
네 가지 정서 알고리즘 프로파일

아이들의 정서 반응은 뇌 발달, 기질, 자극에 민감도 등 여러 요소가 복합적으로 작용하여 형성된다. 최근 발달심리학과 신경과학 연구들에 따르면, 아이들은 크게 다음 네 가지 정서 알고리즘 중 하나를 주된 마음의 작동 방식으로 사용한다고 한다.

각 유형은 감정을 처리하는 속도나 스트레스를 받는 지점, 그리고 XR이나 AI 환경에서 보여 주는 반응까지 모두 다르다. 우리 아이는 어떤 유형에 속하는지 세심하게 살펴보자.

1) Exploratory Algorithm(탐색·직관형 반응 코드)
"마음이 느끼는 순간, 몸은 이미 움직이고 있다."

| 어떤 아이인가? |

감정 반응이 빠르고 에너지가 넘치는 아이들이다. 새로운 자극이나 모험을 좋아하고, 생각보다 행동이 앞서기도 한다. XR이나 게임형 콘텐츠를 만나면 누구보다 빠르게 몰입하는 열정을 보여 준다.

| 마음의 흐름(Signature Pattern) |

자극을 받으면 즉각적으로 감정이 솟구치고, 빠르게 행동으로 표출한 뒤, 또 비교적 빠르게 진정된다.(하지만 행동 뒤에 후폭풍이 남기도 한다.)

| 우리가 도와줄 점 |

이 아이들의 행동을 단순히 '산만함'이나 '문제 행동'으로 보지 말아야 한다. 감정의 에너지가 넘쳐서 그런 것이다. 짧고 명확한 규칙을 제시해 주고, 충동을 조절하는 훈련을 돕는다면 그 에너지는 긍정적인 힘이 된다. XR 교육에서는 안전 미션을 수행하며, 성취감을 느끼게 해 주는 것이 좋다.

2) Analytical Algorithm(사고·논리형 반응 코드)

"느끼기 전에 먼저, 이것이 어떤 의미인지 해석한다."

| 어떤 아이인가? |

감정보다는 논리와 구조, 분석을 더 편안하게 느낀다. 겉으로 보기에는 감정 표현이 적고 무덤덤해 보일 수 있다. 힘든 일이 있어도 겉으

로 티를 내지 않고 속으로 삭이며 혼자 해결하려 한다.

| 마음의 흐름(Signature Pattern) |

외부 자극이 오면 감정적으로 반응하기보다 의미를 먼저 분석하고, 감정은 억제한 채 혼자 감당하려 한다. 그래서 위험 신호가 겉으로 잘 드러나지 않는다.

| 우리가 도와줄 점 |

'별일 없어 보이네, 괜찮은가 보다'라는 생각은 위험할 수 있다. 자살 고위험군 아이들 중, 의외로 이 유형이 많다. 겉은 고요하지만 속은 타 들어 가고 있을 수 있기 때문이다. 자신의 감정을 말이나 도표로 표현해 보는 연습이 필요하며, XR 체험 후에는 충분한 토론을 통해 생각을 정리하도록 도와주어야 한다.

3) Emotional Algorithm(정서·공감형 반응 코드)

"나의 감정뿐 아니라, 타인의 감정까지 내 것처럼 느낀다."

| 어떤 아이인가? |

감수성이 풍부하고 타인의 표정이나 말투, 미묘한 공기 변화에도 민감하게 반응한다. 친구 관계가 세상의 전부일 때가 많고, 상처를 받으면 오래 기억한다.

| 마음의 흐름(Signature Pattern) |

     기술이 아이를 살릴 수 있을까?

타인의 감정에 깊이 공감하다 보니 감정이 증폭되기 쉽고, 그로 인해 정서적 에너지가 빨리 소진된다. 관계에서 오는 불안에 취약하다.

| 우리가 도와줄 점 |

'너무 예민하다'라고 다그치지 말아야 한다. 이 아이들의 공감 능력은 큰 재능이다. 다만, 사이버불링이나 관계 갈등에 가장 크게 상처받을 수 있다. XR 감정 체험은 너무 길지 않게 진행하고, 스스로를 위로하는 '회복 탄력성'을 길러 주는 것이 중요하다.

4) Stability-Oriented Algorithm(안정·예측형 반응 코드)

"예측할 수 있고 안전할 때, 비로소 마음이 편안해진다."

| 어떤 아이인가? |

불확실한 상황이나 갑작스러운 변화를 힘들어한다. 정해진 규칙과 일정 안에서 안정감을 느끼며, 새로운 XR 체험도 천천히 단계적으로 접근하는 것을 선호한다.

| 마음의 흐름(Signature Pattern) |

상황이 예측 가능하면 안정과 신뢰를 느끼지만, 급격한 변화가 오면 불안해하며 회피하려 한다.

| 우리가 도와줄 점 |

새로운 것을 거부한다고 해서 '고집이 세다'고 오해하면 안 된다. 사

실은 "예측할 수 없어서 무서워요"라는 신호이기 때문이다. 무엇을 하게 될지 미리 친절하게 안내해 주고(Preview), 조금씩 경험을 늘려 가며 '안전하다'는 느낌을 심어 주는 것이 개입의 시작이다.

핵심 요약 :: 네 가지 프로파일 한 줄 정리

알고리즘 유형	핵심 요약 문장
Exploratory (탐색·직관형)	마음이 느끼는 순간, 몸은 이미 움직이고 있다.
Analytical (사고·분석형)	느끼기 전에 먼저, 이것이 어떤 의미인지 해석한다.
Emotional (정서·공감형)	나의 감정뿐 아니라, 타인의 감정까지 내 것처럼 느낀다.
Stability-Oriented (안정·예측형)	예측할 수 있고 안전할 때, 비로소 마음이 편안해진다.

■ 이 프로파일이 왜 생명 존중 교육의 핵심인가?

화려한 XR·AI 콘텐츠보다 더 중요한 것은 그 아이가 어떤 방식으로 감정을 처리하는지 아는 것이다.

· 같은 위기 상황에서도 아이들은 전혀 다르게 반응한다.

· 도움을 요청하는 방식도, 위험 신호도, 회복 방식도 모두 다르다.

· 정서 알고리즘을 모르면 개입은 '효과가 없는 조언' 또는 '상처가 되는 접근'이 된다.

· 반대로 알고리즘을 알면 맞춤형 개입 → 조기 발견 → 생명 보호가 가능하다.

기술이 아이를 살릴 수 있을까?

3

정서 알고리즘별 감정·사고 처리 메커니즘
(Emotional Processing Architecture)

아이들의 마음속에서는 매 순간 정보 처리가 일어난다.
모든 아이는 감정을 크게 다음 4단계 구조를 거쳐 처리한다.

① 입력(Input)

- 현실의 사건, 들은 말, 친구의 반응, XR 장면 등 외부 자극
  이 마음으로 들어온다.

② 해석(Interpretation)

- '이게 나에게 무슨 의미지?'라고 스스로 해석한다. (이 해
  석 방식은 정서 알고리즘 유형에 따라 완전히 다르다)

③ 반응(Emotion Response)

- 화를 내거나, 꾹 참거나, 불안해하는 등 내적인 반응이 일
  어난다.

④ 출력(Behavior Output)

- 말, 행동, 침묵, 회피 등이 겉으로 표현된다.

같은 자극이라도 정서 알고리즘 유형에 따라 이 처리 경로와 결과
는 완전히 다르다.

이는 생명 존중 개입에서 반드시 고려해야 할 핵심 요소다.

정서 알고리즘별 감정·사고 처리 방식 비교표

정서 알고리즘 유형	감정 처리 방식	스트레스 시 반응	교사가 놓치기 쉬운 지점
Exploratory (탐색·직관형)	자극 ▶ 즉시 점화 ▶ 행동	충동, 과몰입, 분노 폭발	'에너지가 넘치네'로 가볍게 넘김
Analytical (사고·분석형)	자극 ▶ 분석 및 차단 ▶ 침묵	침묵, 고립, 감정 없음	'괜찮아 보인다'로 착각
Emotional (정서·공감형)	자극 ▶ 감정 전이 ▶ 증폭	자기 비난, 불안, 관계 스트레스	'예민한 편'으로 단순화함
Stability-Oriented (안정·예측형)	자극 ▶ 위협 감지 ▶ 방어	회피, 등교 스트레스, 변화 거부	'고집이 세다'로 오해

■ 상세 분석 :: 네 가지 정서 알고리즘의 실제 작동 경로(Processing Flow)

같은 자극(예: 선생님의 꾸중, 친구의 거절)이 입력되었을 때, 네 가지 알고리즘은 뇌 속에서 전혀 다른 경로를 탄다. 이 경로를 따라가 보면 아이의 행동이 이해가 된다.

1) Exploratory(탐색·직관형)의 처리 경로

> '자극 → 즉시 점화 → 행동'

① 입력(Input) 선생님의 지적: "너 왜 숙제 안 했어?"

② 해석(Algorithm) (직관적 반발) "지금 나를 공격하네? / 억울해! / 화가 난다!" 사고(Thinking) 과정을 거치지 않고 감정 뇌(Amygdala)가 즉시 반응

③ 출력(Output) (폭발/충동) 문을 쾅 닫음, 말대꾸, 자리 이탈

2) Analytical(사고·분석형)의 처리 경로

> '자극 → 분석 및 차단 → 침묵'

① 입력(Input) 선생님의 지적: "너 왜 숙제 안 했어?"

② 해석(Algorithm) (논리적 분석) "내가 잘못한 건 맞음. 하지만 변명해 봤자 소용없음." (감정 억제) "감정을 드러내는 건 비효율적이야. 참자."

③ 출력(Output) (회피/침묵) 무표정으로 바닥만 봄, "죄송합니다(영혼 없음)", 속으로는 스트레스 누적

3) Emotional(정서·공감형)의 처리 경로

'자극 → 감정 전이 → 증폭'

① 입력(Input) 선생님의 지적: "너 왜 숙제 안 했어?"(특히 말투나 표정에 집중)
② 해석(Algorithm) (관계적 해석) "선생님이 나를 미워하시나? 난 실망스러운 존재야." (감정 증폭) 슬픔과 불안이 꼬리에 꼬리를 물고 커짐.
③ 출력(Output) (호소/위축) 눈물, 과도한 사과, 하루 종일 우울해함

4) Stability-Oriented(안정·예측형)의 처리 경로

'자극 → 위협 감지 → 방어'

① 입력(Input) 갑작스러운 변화: "오늘 숙제 안 한 사람은 남아서 하고 가라."(예상 못 한 상황)
② 해석(Algorithm) (위협 인지) "예정에 없던 일이야. 집에 가는 루틴이 깨졌어. 위험해." (불안 발생) 통제 불가능한 상황에 극심한 스트레스.
③ 출력(Output) (거부 / 마비) 꼼짝 않고 얼어 버림(Freezing), 등교 거부, 고집부리기

※ 정택수 센터장의 핵심 경고

"가장 위험한 아이는, 역설적이게도 '조용한 아이'다."

즉, '표현하지 않는 아이'를 가장 경계해야 한다.

특히 Thinkers(사고형)와 Planners(안정형)는 다음과 같은 특징을 보인다.

· 감정 신호가 아주 미세하다.
· 힘들어도 말로 표현하지 않는다.
· 습관적으로 "괜찮아요"라고 반복한다.
· 문제를 혼자 해결하려다 고립된다.

이 아이들은 겉으로 폭발하는 것이 아니라, 침묵 속에서 천천히 무너지는 유형이다. 따라서 겉으로 드러나는 위험 신호를 기다리다가는 골든 타임을 놓치기 쉽다. 위기 상황이 발견되었을 때는 이미 아이의 정서적 에너지가 바닥나 있을 가능성이 높다.

■ Emotional Processing Architecture가 주는 메시지

정서 알고리즘은 단순한 심리적 특성 분류가 아니다.

아이의 감정 처리 방식은

"이 아이가 어떤 위험에 취약한가?", 그리고 "어떤 방식으로 살려달라고(SOS) 외치는가?"를 결정짓는 열쇠다.

따라서 어른은 아이의 '말'이 아니라 '패턴'을 읽어야 한다.

· 크게 울어도 위험할 수 있다.

· 반대로 너무 조용해도, 훨씬 더 위험할 수 있다.

정서를 읽는다는 것은 '아이의 현재 상태'를 보는 것을 넘어, '위험이 흘러가는 방향'을 읽어내는 일이다.

"아이의 정서 알고리즘을 이해하는 순간, 우리는 위험을 예측할 수 있고 비로소 생명을 지킬 수 있다."

4

정서 알고리즘별 위험 신호는
왜 완전히 다른가?

동일한 상황에서도 아이가 전혀 다른 방식으로 무너지는 이유

같은 위기 상황에서도 아이들은 저마다 다른 방식으로 "살려주세요"라는 신호를 보낸다. 이 신호를 읽지 못하면 우리는 골든 타임을 놓치게 된다.

아래 표는 네 가지 정서 알고리즘별로 위기 상황에서 어떤 정서·행동 반응이 나타나는지, 그리고 어른이 이를 어떻게 해석해야 하는지를 직관적으로 보여 준다.

정서 알고리즘 유형별 위험 신호 비교표

정서 알고리즘 유형	위험 신호 패턴	주요 특징	왜 위험한가?	교사가 가장 오해하는 지점
Exploratory (탐색·직관형)	· 분노·충동 폭발 · 자극 추구 행동 증가 · SNS·게임 과몰입 · 위험 행동(도전·모험)	폭발형. 위험 감정이 외부로 빠르게 표출	감정 과부하 상태를 '말썽'으로 오해하면 개입이 늦어짐	에너지가 넘쳐서 그래, 성격이 원래 그래

Analytical (사고·분석형)	· 말 줄어듦·감정 억제 · '괜찮다' 반복 · 혼자 있는 시간 증가 · 학업·게임 과몰입	침묵형. 위험. 겉으로는 멀쩡함	실제 자살 위기군에 서 가장 빈번 신호가 너무 작아 파악 어려움	조용하고 착해서 문제없다
Emotional (정서·공감형)	· 친구 갈등 시 정서 붕괴 · 과도한 자기 비난 · SNS 인정 욕구 급증 · 감정적 동요	관계 기반 붕괴 형 위험 관계가 감정의 중심	사이버불링 피해 가능성 최고 관계 불 안 → 생명감 급락	예민해서 그래, 사소한 일인데 크게 받네
Stability- Oriented (안정·예측형)	· 등교 거부 · 새로운 환경 회피 · 갑작스러운 일정 변동 시 공황 · 참여 회피	예측 붕괴형 위험변화 자체 가 위협	환경 변화로 정서·신체 반응 급격히 악화	고집부리는 것, 하기 싫어서 그 런다

이 표는 단순한 정보가 아니다. 위험 신호를 '구별할 수 있는 눈'을 만드는 도구다.

· Exploratory는 크게 소리치며 위험을 알린다.

· Analytical은 침묵으로 위험을 알린다.

· Emotional은 관계 속에서 무너진다.

· Stability-Oriented는 예측이 깨질 때 무너진다.

즉, 같은 위험이라도 아이들은 전혀 다른 방식으로 SOS를 보낸다.

그 다름을 읽지 못하면, 위험은 조용히 깊어지고 위기 개입의 타이밍은 영영 오지 않을 수도 있다.

기술이 아이를 살릴 수 있을까?

5

XR·AI 환경에서 드러나는
알고리즘별 감정·사고 반응 패턴

XR(확장 현실)과 AI 기술은 단순한 교육 도구가 아니다. 아이들의 내면 깊숙이 숨겨진 감정과 사고 처리 패턴을 '즉시, 그리고 선명하게' 드러내는 거울이다.

현장에서 아이들이 가상 공간을 대하는 태도는 기질(알고리즘)마다 극명한 차이를 보인다. 이 반응의 차이를 읽어내는 것은 생명 존중 교육의 성패를 가르는 핵심 정보가 된다.

정서 알고리즘 유형별 XR·AI 반응 패턴

정서 알고리즘 유형	XR 체험 반응 특징	주의해야 할 점	최적의 교육 활용 전략
Exploratory (탐색·직관형)	· 몰입 속도 매우 빠름 · 감정 반응 크고 즉각적 · 현실·가상 전환이 빠름	· 자극 과몰입 위험 · 흥분 상태에서 안전 규칙 무시 가능	· 짧은 미션·명확한 규칙 · 감정 조절 루틴 삽입(호흡·균형) · '선(先) 안전, 후(後) 체험' 구조

Analytical (사고·분석형)	· 감정보다 구조·논리에 집중 · 문제 해결 요소에 높은 몰입 · 감정 시나리오 공감은 낮을 수 있음	· 감정 회피·몰입 부족 · 위험 신호가 겉으로 드러나지 않음	· 체험 전 '왜 이걸 하는가' 목적 설명 · 체험 후 감정 언어화·도표화 · 토론 기반 정서 확장 활동
Emotional (정서·공감형)	· 감정 시나리오에 깊고 빠르게 몰입 · 등장인물 감정에 동일시 · 감정 반응의 폭이 큼	· 감정적 동요·불안 증가 · 체험 후 여운이 오래 남음	· 체험은 짧고 안전하게 · 사후 디브리핑(감정 안정 케어) 필수 · 자존감·관계 회복 활동 병행
Stability-Oriented (안정·예측형)	· 천천히 적응하며 관찰 중심 · 변화·속도 있는 장면에 긴장 반응 · 예측 가능한 구조 선호	· 빠른 장면 전환이 불안 유발 · 체험 포기·회피 가능성	· 사전 안내·장면 미리보기 제공 · 단계적 난이도 적용 · 안전감 확보가 몰입보다 우선

■ XR은 정서 알고리즘의 '실시간 감정 스캐너'

현장에서 XR을 활용하면, 평소 교실에서는 보이지 않던 아이들의 본능적인 처리 방식이 즉시 드러난다.

· 누가 감정에 과몰입하여 허우적거리는가?

· 누가 감정을 차단하고 논리로만 상황을 해석하는가?

· 누가 변화 자체를 불안으로 느껴 뒷걸음질 치는가?

· 누가 감정 자극을 회피하려 눈을 돌리는가?

여기에 AI 감정 분석 기능을 결합하면, 육안으로 놓치기 쉬운 미세

표정, 음성 떨림, 반응 속도까지 데이터로 분석할 수 있어 아이의 정서 알고리즘을 더욱 정밀하게 파악할 수 있다.

■ 특별 주의 :: Emotional(정서·공감형)를 위한 안전장치

네 가지 유형 중 특히 Emotional(정서·공감형) 아이들은 생명 존중 XR 시나리오(위기 상황, 슬픔, 갈등 등)에서 다음과 같은 반응이 강하게 나타난다.

· 갑작스러운 눈물과 호흡 곤란
· 등장인물의 고통을 자신의 것으로 느끼는 과도한 동일시
· 체험이 끝난 후에도 그 감정에서 빠져나오지 못하는 상태

따라서 이 아이들에게 XR 교육을 진행할 때, '사후 감정 케어(디브리핑)'는 선택이 아니라 생명을 지키기 위한 필수 과정이다.

체험이 끝난 후 반드시 '이것은 가상이었음'을 인지시키고, 따뜻한 대화로 현실의 안정감을 되찾아주어야 한다.

6

정서 알고리즘을 기반으로 한
생명 존중 맞춤 개입 전략

아이들의 위기 신호는 저마다 다른 코드로 작동한다.

어떤 아이는 폭발적인 감정으로(Exploratory), 어떤 아이는 차가운 침묵으로(Analytical) 고통을 표현한다. 따라서 효과적인 생명 존중 교육은 학생 고유의 '정서 알고리즘(Emotional Algorithm)'을 파악하고, 이에 맞춘 최적의 XR 콘텐츠와 상담 전략을 제공하는 것에서 시작해야 한다.

■ 정서 알고리즘 진단 프로세스(Diagnosis)

단순한 설문이 아닌, XR 콘텐츠 상호 작용 과정에서 수집된 행동 데이터를 기반으로 하여 유형을 판별한다.

· 생체 신호 스캔: 웨어러블 기기를 통해 심박 변이도(HRV), 피부 전도도
(GSR)를 측정하여 기초 스트레스 수준 파악.

· 행동 반응 분석: 반응 속도(충동성), 시선 추적(불안/회피), 선택의 망설
임 등을 분석.

· 유형 매칭: 수집된 데이터를 4분면 모델에 대입하여 학생의 현재 정서
알고리즘 상태 정의.

분석된 유형에 따라 다음과 같이 차별화된 접근 전략을 적용한다.

정서 알고리즘 유형	핵심 특성	위험 시 반응	XR·AI 활용 시 유의점	맞춤 개입 전략
Exploratory (탐색·직관형)	감정 반응 빠름. 자극·도전 선호 행동이 사고보다 먼저	충동적 행동 과몰입·속도 추구. 감정 폭발	속도감 있는 콘텐츠 과몰입 위험흥분 상태에서 안전 규칙 무시 가능	· 충동 조절 훈련 · 짧은 미션·즉각 피드백 구조 · 몸 기반 안정화 기술(호흡·균형) · XR 안전 규칙 강화
Analytical (사고·분석형)	감정 억제.·내면화 논리 우선, 말 적음	침묵·고립. 겉으로 평온해 보임. '조용한 위험'	감정 시나리오 몰입 어려움. 체험 목적 설명 필요	· 감정 언어화 활동 필수 · '감정→사실→행동' 구조 대화 · XR 감정 시나리오 후 토론 필수 · 조용한 위험 신호 조기 발견
Emotional (정서·공감형)	감정 민감, 타인 감정 영향 크게 받음. 관계 중심	자기 비난. 증가 과몰입.·감정 동요, 관계 문제 → 정서 급락	감정 공감 XR 체험에서 과도한 감정 반응 가능	· 감정 안정 우선 · 관계 기반 개입 활용 · XR 공감 시나리오는 짧고 안전하게 · 자존감 회복 활동 병행
Stability- Oriented (안정·예측형)	규칙·질서 선호. 갑작스러운 변화 스트레스 천천히 적응	등교 거부 일정 변화 거부. 불안·회피 행동	빠른 장면 전환·예상치 못한 변화에 불안 유발	· 예측 가능한 수업 구조 제시 · 단계적 XR 경험 제공 · 갑작스러운 변화 최소화 · 안전감 형성 우선

■ 위기관리 시스템 : 디지털 세이프티 넷(Safety Net)

교육 중, 발생할 수 있는 정서적 응급 상황에 대비해 AI 기반의 실시간 보호 프로토콜을 가동한다.

· Green Zone(안정): 맞춤형 시나리오 정상 진행.
· Yellow Zone(주의): 호흡 불안정, 심박 급증 감지 시 '안정화 모드' 자동 전환(배경음악 변경, 시각적 자극 감소).
· Red Zone(위험): 극도의 불안이나 공격성 발현 시 '디지털 킬 스위치(Kill Switch)' 작동. 콘텐츠 즉시 중단 및 '세이프 존(Safe Zone)' 화면으로 전환 후 교사에게 긴급 알림 전송.

■ 교사의 역할 : 데이터를 기반으로 한 휴먼 터치

AI 데이터는 교사가 학생을 깊이 이해하는 지도가 되며, 치유의 완성은 교사의 인격적인 개입으로 이루어진다.

· 데이터 해석가: AI 리포트를 통해 겉으로 드러나지 않는 학생의 내면 상태(조용한 위험 등)를 식별.
· 디지털 게이트 키퍼: Red Zone 알림이 뜬 고위험군 학생을 조기 발견하여 전문 상담 연계.
· 디브리핑(Debriefing): 가상공간의 경험을 현실의 삶과 연결하는 질문("그때 왜 그런 선택을 했니?")을 통해 성찰 유도.

기술이 아이를 살릴 수 있을까?

아이의 마음을 이해하는 일은 단순한 배려가 아니다.

그것은 한 생명을 다시 세우는 가장 순수한 교육의 시작이다.

정서 알고리즘은 어떤 아이가 울고, 어떤 아이가 침묵하고, 어떤 아이가 웃으며 무너지는지를 정확히 읽을 수 있게 해 주는 '숨겨진 언어'이다.

우리가 이 언어를 모르면, 아이의 위험은 조용히, 그리고 깊게 숨어 버린다.

하지만 우리가 이 언어를 이해하는 순간,

"보이지 않던 위험이 보이고, 말하지 못했던 구조 신호가 들리며, 닫혀 있던 생명력이 다시 깨어난다."

기억해야 한다. 정서 알고리즘은 아이를 평가하는 검사표가 아니라 길을 찾는 지도(Map)이고, 아이를 나누는 기질 분류가 아니라 방향을 가리키는 나침반이며, 아 이의 미래를 지키기 위한 가장 정확한 '생명 감각'이다.

그리고 이 진실은 변하지 않는다.

"아이의 마음을 정확히 읽을 수 있는 어른이 한 명 늘어날 때마다,

우리가 지켜 낼 수 있는 생명도 한 명 늘어난다."

교사와 학부모, 전문가 한 사람 한 사람이 정서 알고리즘이라는 새로운 언어를 배워갈 때, 우리는 단지 교육을 하는 것이 아니라, 아이의 끊어진 삶을 다시 연결하고, 그 아이가 살아갈 미래를 다시 열어 주게 된다.

이것이 우리가 정서 알고리즘을 다루는 이유이며, 생명 존중 교육이 반드시 이 지점을 출발점으로 삼아야 하는 이유다.

활동 1. 나의 정서 알고리즘 체크 리스트

Ⅰ. Explorers(탐색형·직관형)

새로운 경험과 자극에 빠르게 반응하고, 감정이 즉각적으로 드러나는 유형이다.

- ☐ 1. 화나거나 기쁘면 감정이 얼굴과 행동에 바로 나타난다.
- ☐ 2. 새로운 것, 빠른 속도, 게임·XR 같은 몰입형 활동을 좋아한다.
- ☐ 3. 생각보다 행동이 먼저 나갈 때가 있다.
- ☐ 4. 하고 싶은 것이 생기면 바로 실행하려는 편이다.
- ☐ 5. 기분이 변하면 그 변화가 크고 주변에서도 바로 느낄 수 있다.

Ⅱ. Analytical(사고형·분석형)

감정 표현은 적지만, 생각이 깊고 신중하게 판단하는 유형이다.

- ☐ 1. 속상해도 겉으로 표현하지 않고 혼자 생각하는 편이다.
- ☐ 2. 결정할 때 감정보다 논리·사실을 먼저 고려한다.
- ☐ 3. 갑자기 감정 이야기를 해야 하면 어떻게 말할지 막막하다.
- ☐ 4. 문제 상황이 생기면 감정보다 '원인·해결 방법'을 먼저 떠올린다.
- ☐ 5. 누군가 나를 걱정해도 "괜찮아요"라고 말하는 경우가 많다.

Ⅲ. Emotional(정서형·공감형)

타인의 감정에 민감하고, 관계 중심적이며 정서적 공감력이 높은 유형이다.

- ☐ 1. 친구가 힘들어하면 나도 금방 마음이 무거워진다.
- ☐ 2. 작은 말이나 행동에도 쉽게 상처를 받는 편이다.
- ☐ 3. 누군가 마음에 없는 말을 하면 오래 기억에 남는다.
- ☐ 4. 관계가 틀어지면 하루 종일 기분이 흔들린다.
- ☐ 5. 감정 중심 XR 콘텐츠(이해·공감 영상)에 몰입이 깊다.

Ⅳ. Stability-Oriented(안정형·체계형)

예측 가능한 구조와 반복, 차분한 환경을 선호하며 변화에 민감한 유형이다.

- ☐ 1. 일정이 갑자기 바뀌면 불안하거나 스트레스를 느낀다.
- ☐ 2. 수업·체험 전에 미리 설명을 듣고 싶어 편안해진다.
- ☐ 3. 계획이 어긋나면 기분이 쉽게 혼란스러워진다.
- ☐ 4. 처음 보는 환경·사람에게 적응하는 데 시간이 필요하다.
- ☐ 5. 빠른 장면 전환의 XR 콘텐츠는 부담되거나 긴장된다.

결과 활용 가이드

· 각 유형에서 세 개 이상 체크되면 해당 정서 알고리즘이 강하다고 볼 수 있습니다.

· 두 가지 유형이 동시에 높게 나올 수도 있습니다. (예: Thinker + Planner)

· 이 검사는 성격을 규정하는 성적표가 아닙니다. 내 감정이 어떻게 입력되고 처리되는지 이해하기 위한 '마음 지도(Map)'입니다.

활동 2. "나는 스트레스를 이렇게 표현해요."

□ 폭발형: 화를 내거나 감정을 크게 표출한다. (소리 지르기, 물건 던지고 싶음 등)

□ 동굴형: 아무 말도 안 하고 혼자 조용히 있다.

□ 의존형: 누군가에게 계속 이야기하고 기대고 싶다.

□ 회피형: 변화를 거부하고 하던 것만 계속하려 한다. (등교 거부, 방 밖으로 안 나옴)

→ 나의 구체적인 행동 적어보기 "나는 스트레스를 받으면

구체적으로 [_______________________________] 행동을 해요."

활동 3. XR·AI 체험 감정 로그(Emotional Log)

Q. XR·AI 체험 전과 후, 내 마음의 날씨는 어떻게 변했나요?

감정 단어 세 가지

체험 후 느낀 기분을 단어로 적어보세요. 예: 벅찬, 어지러운, 슬픈

① _________________ ② _________________ ③ _________________

Q. 변화의 이유 '내가 왜 이런 기분을 느꼈을까요?' 이유를 한 줄로 적어 보세요.

____

활동4. 도움 요청 연습(Help-Seeking)

내 마음이 정말 힘들 때, 주변 사람들이 나를 어떻게 도와주면 좋을지 알려주는 '나 사용 설명서'이다.

Q. "제가 정말 힘들 때는...."

1) [_______________________] (이)라고 말해 주면 힘이 됩니다.

(예: "네 잘못이 아니야", "천천히 해도 돼", "그냥 옆에 있어 줄게")

2) [_______________________] 행동을 해 주면 도움이 됩니다.

(예: 조용히 기다려 주기, 같이 산책 가 주기, 맛있는 것 사 주기)

활동5. 친구 유형에 따른 대화법

정서 알고리즘 유형별 위험 신호 비교표

정서 알고리즘 유형	힘이 되는 말	상처가 되는 말
Exploratory (탐색·직관형)	와, 추진력 대박이다! 아이디어 좋은데	제발 가만히 좀 있어, 생각 좀 하고 해.
Analytical (사고·분석형)	네 생각은 어때? 천천히 말해 줘도 돼.	
Emotional (정서·공감형)		그래서 결론이 뭔데? 그게 울 일이야?
Stability-Oriented (안정·예측형)	미리 준비해 줘서 고마워. 계획대로 해 보자.	

여기에는 정답이 필요 없습니다.
당신의 생각이면 충분합니다.

기록하는 순간, 이미 시작된 것입니다.

Chapter Overview

기술은 흔히 차갑고 비인간적인 것으로 여겨진다. 스마트폰 과몰입이나 게임 중독 같은 부작용 때문에, 생명 존중 교육에서 '디지털 기술'을 이야기하면 의아해하는 시선도 있다. 하지만 우리가 현장에서 만나는 XR(확장 현실)과 AI(인공지능)는 다르다.

이 기술들은 아이들의 굳게 닫힌 마음을 여는 가장 따뜻한 '디지털 열쇠'가 될 수 있다. 백 번 듣는 "힘내"라는 말보다 한 번의 몰입된 체험이, 텍스트로 읽는 위로보다 내 표정의 미세한 떨림을 읽어 주는 AI의 즉각적인 반응이 아이들의 깊은 무의식을 건드리기 때문이다.

제5장에서는 이 차가운 기술이 어떻게 아이들의 감정을 깨우고, 나아가 생명을 존중하는 마음을 심어 줄 수 있는지 그 구체적인 원리와 방법을 탐구한다.

5장

XR·AI는 어떻게 아이들의 감정과 생명을 깨우는가

1

XR(VR·AR·MR)의
교육적 효과

XR은 단순한 시각적 유희나 게임이 아니다. 뇌과학적인 관점에서 볼 때, XR은 아이들이 현실에서 겪기 힘든 감정, 경험, 관계를 가장 안전하게 연습할 수 있는 '또 하나의 현실(Another Reality)'이다.

본격적인 효과를 논하기 앞서, 우리가 사용하는 도구인 XR의 개념을 명확히 정리해 보자.

XR(eXtended Reality, 확장 현실)은 VR, AR, MR을 모두 아우르는 용어로, 현실과 가상의 경계를 허물어 경험을 확장하는 모든 기술을 통칭한다.

· VR(Virtual Reality, 가상 현실): 현실을 완전히 차단하고 100% 가상

　　　　　　　　　　　　　　

의 공간으로 들어가는 기술이다.

교육적 특징 완벽한 몰입감을 주어 재난 체험이나 심리 치유처럼 '강렬한 경험'이 필요할 때 가장 효과적이다.

· AR(Augmented Reality, 증강 현실): 현실 배경 위에 가상의 정보를 겹쳐 보여 주는 기술이다. (예: 포켓몬고)

교육적 특징 교실이나 자연 등 '현실 공간'을 유지하면서 정보나 생명체를 추가해 흥미를 유발한다.

· MR(Mixed Reality, 혼합 현실) 현실과 가상이 실시간으로 상호 작용하는 기술이다.

교육적 특징 내 방 책상 위에 가상의 강아지가 뛰어노는 것처럼, '현실과 가상의 공존'을 통해 자연스러운 체험을 돕는다.

이러한 XR 기술은 단순한 구경거리가 아니다. 생명 존중 교육에서 다음과 같은 강력한 심리적·교육적 효과를 발휘한다.

1) 몰입감이 학습과 정서를 활성화한다.

XR의 가장 강력한 무기는 압도적인 '현존감(Presence)'이다. 우리의 뇌는 가상 현실을 단순한 가짜가 아닌 '실제 상황'으로 착각하여 받아들인다. 이때 감정과 기억을 담당하는 뇌의 변연계가 활성화된다.

· 정서적 안정과 리듬: 내가 개발한 'XR 재활승마'가 대표적인 예다. 말의 규칙적인 리듬을 시각과 촉각(진동)으로 전달하면, 아이의 뇌파는 안정

을 찾는다. 이는 텍스트나 영상으로는 줄 수 없는 신체적 체험의 효과다.

· 플로우(Flow)의 경험: 과몰입이 아닌 건전한 '몰입(Flow)'은 긍정적인 정서 경험이다. 아이들은 이 몰입의 즐거움을 통해 학습 무기력을 극복하고, '나도 무언가 할 수 있다'는 삶의 목적성과 효능감을 회복한다.

2) 안전한 환경에서 실패를 연습할 수 있다.

실패에 관한 두려움은 아이들의 도전을 가로막는 가장 큰 장벽이다. 현실에서의 실패는 비난이나 좌절로 이어지기 쉽지만, XR은 '실패해도 다치지 않는 안전지대'를 제공한다.

· 이곳에서는 실수해도 누구도 비난하지 않는다. 언제든 '다시 시도 (Redo)' 버튼을 누를 수 있다.

· 특히 정서가 위축된 아이일수록 이 '안전한 실패' 경험은 치유의 시작점이 된다. 실패를 '끝'이 아닌 '배움의 과정'으로 받아들이는 회복 탄력성 (Resilience)을 길러 주기 때문이다.

3) 현실에서는 불가능한 확장된 경험 물리적 제약을 넘어 시야를 확장한다.

· 우주나 심해를 탐험하며 생태계의 거대함을 느끼거나, 화재 현장 같은 위험 상황 대처를 미리 연습하며 생존 능력을 키운다. 이러한 '확장된 경험'은 자기중심적인 사고에서 벗어나 세상을 넓게 바라보게 하며, 아이들의 공감 능력과 생명 감수성을 비약적으로 높여 준다.

기술이 아이를 살릴 수 있을까?

2

몰입·체험이 만드는
감정 공감 능력

스탠퍼드 대학 '가상현실연구소'는 VR을 '공감 기계(Empathy Machine)'라고 정의했다. 타인의 경험을 머리가 아닌 '몸'으로 체험하게 만들기 때문이다.

정서·생명 존중 교육에서 XR은 다음 세 가지 차원의 공감을 돕는다.

1) 감정 공감(Emotional Empathy)

타인의 고통을 텍스트로 읽고 '그렇구나'라고 이해하는 인지적 공감을 넘어, 가슴으로 느끼는 정서적 공감을 만들어 낸다.

· 예시: 왕따 피해 학생의 1인칭 시점이 되어 학교 복도를 걸어보거나, 휠체어를 탄 장애인의 높이에서 세상을 바라본다.

· 효과: 학생들은 "그만해"라는 말 한마디가 피해자에게 얼마나 절실한지 온몸으로 체감한다. 체험 후 아이들은 말한다.

"이제야 제가 무심코 던진 돌이 친구에게 얼마나 아픈지 알 것 같아요."

2) 자기 이해(Self-awareness)

타인을 이해하는 것만큼 중요한 것이 바로 '나 자신'을 이해하는 것이다. XR 체험은 자신의 감정을 거울처럼 비춰주는 역할을 한다.

· 가상 상황에서 느낀 두려움, 안도감, 슬픔 등을 통해 아이들은 억눌려 있던 감정을 자연스럽게 표현하게 된다. '왜 그 장면에서 무서웠을까?', '나도 저 캐릭터처럼 혼자라고 느낀 적 있어.'
· 정서 학습의 첫걸음인 '자기 감정의 언어화'가 XR 체험을 매개로 자연스럽게 일어나는 것이다.

3) 생명 존중 감각(Life-respect sense)

생명의 소중함은 교과서의 정보로 배우는 것이 아니다. 맥박이 뛰는 경험으로 느낄 때만 진짜 내 것이 된다.

· 로드킬 위험에 처한 동물을 구하거나, 오염된 환경이 다시 살아나는 과정을 체험하며 아이들은 인간과 자연, 생명이 유기적으로 연결되어 있음을 깨닫는다. 이것이 바로 생명을 지키려는 마음, 즉 '생명 감수성'이다.

　　　　　　　　　　　기술이 아이를 살릴 수 있을까?

3

AI가 감정을 분석하고
돕는 시대

이제 AI는 단순히 정보를 처리하는 단계를 넘어, 인간의 감정을 '읽고', '분석하고', '반응하는' 감성 컴퓨팅(Affective Computing) 단계에 들어섰다.

1) 감정 인식 AI: 보이지 않는 마음을 읽다.

AI는 얼굴의 미세 표정, 목소리의 떨림, 웨어러블 기기를 통한 심박수 변화 등을 분석해 교사가 육안으로 놓치기 쉬운 학생의 내면 상태를 파악한다. 겉으로는 웃고 있지만, 속으로는 울고 있는 아이들의 스트레스 지수나 우울 신호, 정서적 고립 징후를 조기에 발견하여 골든 타임을 확보하는 데 매우 유용하다.

2) 개인 맞춤 정서 지원

1:1 마음 튜터 AI는 학생의 감정 상태 데이터에 따라 실시간으로 맞춤형 지원을 제공한다. 과도한 긴장이 감지되면 호흡 가이드를 제공하고, 좌절감을 느끼면 격려의 메시지를 보낸다. 정택수 센터장은 AI의 역할을 이렇게 강조한다.

"AI는 즉각 반응한다.
아이는 '지금 당장' 도움을 받을 수 있다.
판단하거나 비난하지 않고 즉시 응답하는 것, 이것이 AI가 가진 치유의 힘이다."

3) XR과 AI의 융합

지능형 실감 교육 XR이 '환경'을 제공한다면, AI는 그 안에서 '상호작용'을 담당한다. 체험 중 학생의 반응(두려움, 흥미 등)을 실시간으로 분석하여, 시나리오의 난이도나 내용을 조절한다. 예를 들어 아이가 너무 무서워하면 배경을 밝게 바꾸거나, 용기를 주는 캐릭터를 등장시키는 식이다. 이는 아이 한 명 한 명에게 최적화된 정서 교육을 가능하게 한다.

     기술이 아이를 살릴 수 있을까?

4

정서·생명 존중 교육용 XR
콘텐츠 사례

내가 기획하고 개발 중인 ELCOM XR은, 단순한 가상 체험을 넘어 아이들의 정서를 어루만지고 생명 감수성을 깨우는, '디지털 치유 솔루션(Digital Therapeutic Solution)'을 지향한다.

특히 '교감-활동-협력-안전'으로 이어지는 체계적인 커리큘럼과, 이를 뒷받침하는 뇌과학적 R&D는 생명 존중 교육의 새로운 표준을 제시하고 있다.

■ XR 승마 힐링 솔루션 : '말과 마음을 맞추는 시간'

단순히 말을 타고 달리는 스포츠가 아니다. 가상의 생명체와 관계를 맺고, 그 리듬에 나를 맡기며 배려와 소통을 배우는 통합 정서 프로그램이다.

1단계: 돌봄과 교감(Care & Communion)

· 내용: VR 컨트롤러의 햅틱(진동) 기능을 활용해 가상의 말을 직접 쓰다듬고, 먹이를 주고, 털을 빗겨 주는(Grooming) 활동을 수행한다.

· 교육적 기제: '나의 손길에 말이 기분 좋아하는 반응'을 시각·청각·촉각으로 즉각 확인한다. 이는 애착 형성의 기초가 되며, 타인을 돌보는 행위가 주는 따뜻한 정서적 만족감을 경험하게 한다.

2단계: 기초 승마와 리듬 동기화(Rhythm Synchronization)

· 내용: 6DoF 모션 플랫폼 위에서 말의 걸음걸이(평보, 속보)를 느끼며 기초 승마술을 배운다.

· 교육적 기제: 내 마음대로 말을 조종하는 것이 아니라, 말의 움직임에 내 호흡과 신체를 맞춰야 한다. 이 과정에서 아이들은 '배려'가 말이 아닌 '몸의 감각'임을 체득하고, 파트너(말)와 감정을 나누는 비언어적 소통 능력을 키운다.

3단계: 협력 레이싱과 지식 탐험(Cooperation & Knowledge)

· 내용: 친구들과 함께 팀을 이뤄 미션을 수행하는 레이싱 모드다. 경쟁보다는 협력이 중요하며, 코스 중간에 생명 존중 퀴즈나 자연 지식 습득 미션이 포함된다.

· 교육적 기제: 공동의 목표를 위해 친구와 소통하고 역할을 분담하며 사회성을 기른다. 달리는 행위가 주는 쾌감(도파민)과 문제 해결의 성취감이 결합되어 낮은 자존감을 회복시킨다.

 기술이 아이를 살릴 수 있을까?

■ 재난 안전 및 위기 대응 XR : '스스로를 지키는 힘'

생명 존중의 가장 기초는 '나의 생명을 지키는 것'에서 시작된다. ELCOM XR의 재난 안전 콘텐츠는 공포가 아닌 '효능감'을 심어 주는 데 주력한다.

· 내용: 학교 화재, 지진 발생 등 통제 불가능한 위기 상황을 고해상도 VR로 구현한다.

· 교육적 기제: 위기 상황에서 뇌가 얼어붙는 '동결 반응(Freezing)'을 극복하게 한다. 머리로 아는 지식이 아니라, 몸이 기억하는 '근육 기억(Muscle Memory)'으로 안전 행동을 습관화하여, 실제 상황에서도 침착하게 생명을 구할 수 있다는 자신감을 심어 준다.

■ AR 동물 생태 교감 : '내 손안의 작은 생명'

거창한 장비 없이도 교실이나 야외에서 생명과 만날 수 있는 증강 현실(AR) 콘텐츠다.

· 내용: 태블릿이나 AR 글라스를 통해 교실 바닥에서 노루가 뛰어놀거나, 손바닥 위에 희귀 나비가 앉는 경험을 제공한다.

· 교육적 기제: 물리적 공간의 제약을 넘어 다양한 생명체와 공존하는 경험을 제공한다. '우리 교실에도 보이지 않는 생명이 함께 살고 있다'는 인식을 심어 주어, 자연과 생태계에 관한 경외심과 공존의 태도를 기른다.

■ [Special Insight] ELCOM XR의 뇌과학 R&D

"교육을 넘어, 데이터로 증명하는 새로운 디지털 헬스케어의 미래"

ELCOM XR은 고려대학교 세종캠퍼스와의 공동연구를 통해, XR 환경이 전 연령층의 뇌 활동과 정서 반응에 미치는 영향을 과학적 데이터로 검증하는 장기 연구를 수행하고 있다..

· 1차 연구 완료(유의미한 뇌 발달 지표 확인):

지난 1년간의 1차 연구를 통해, XR 승마 및 교감 활동이 사용자의 전두엽 활성화(집중력 / 사고력)와 정서적 뇌파 안정(알파파 증가)에 긍정적인 영향을 준다는 유의미한 데이터를 확보했다. 이는 XR 경험이 단순한 흥미를 넘어, 실제 두뇌 발달 메커니즘에 관여함을 시사한다.

· 2차 연구 심화 (표본 확대 및 검증):

현재는 1차 연구 결과를 바탕으로 실험 집단의 규모를 대폭 확대하여 2차 연구를 진행 완료 단계에 있다. 더 많은 데이터와 다양한 케이스 분석을 통해 통계적 신뢰도를 확보하고, 개인별 정서 알고리즘에 따른 뇌 반응 패턴을 정밀하게 유형화하고 있다.

· 비전 : 차세대 디지털 헬스케어(Digital Healthcare)

이 연구 결과가 최종적으로 증명된다면, ELCOM XR은 단순한 실감형 교육 콘텐츠를 넘어선다. 아이들의 정서를 어루만지고 뇌 건강을 증진시키는 '디지털 치료제(Digital Therapeutics, DTx)' 수준의 새로운 헬스케어 솔루션으로 도약할 것이다.

    기술이 아이를 살릴 수 있을까?

5

위험한 기술 vs
생명을 살리는 기술

기술은 양면적이다. 칼이 요리사의 손에서는 요리 도구가 되고 강도의 손에서는 흉기가 되듯, 기술도 마찬가지다.

위험한 기술 (Toxic Tech)	· 폭력적 게임, 선정적 콘텐츠, 딥페이크 악용 등. · 아이들의 도파민을 자극해 과몰입을 유도하고, 정서를 황폐화하며 생명 경시 풍조를 조장한다.
생명을 살리는 기술 (Healing Tech)	· 공감 형성 XR, 정서 케어 AI, 자살 예방 교육 등. · 타인의 고통에 공명하게 하고, 마음의 상처를 돌보며 연결을 돕는다. · 내가 생각하고 만드는 기술의 본질은 바로 이것이다.

"기술은 사람을 살릴 때 비로소 의미가 있다."

6

XR·AI를 기반으로 한
교육의 국내·해외 정책 트렌드

"기술 교육의 패러다임이 '기능(Skill)'에서 '마음(Heart)'으로 바뀌고 있다."

과거의 에듀테크가 "어떻게 하면 지식을 더 빨리 주입할까?"에 몰두했다면, 지금 전 세계의 교육 정책은 "디지털 세상에서 아이들을 어떻게 안전하게 지키고, 건강한 시민으로 키울 것인가?"로 급선회하고 있다.

■ 국내 동향 : '디지털 인성'과 '마음 건강'의 결합

우리나라 정부는 세계 최고 수준의 디지털 인프라를 바탕으로, 이제 하드웨어를 넘어 '디지털 시민성'과 '정서 안정'을 국가적 과제로 격

　　　　　　　기술이 아이를 살릴 수 있을까?

상시켰다.

| 교육부: 2022 개정 교육 과정과 '디지털 소양' |

2025년부터 전면 도입되는 'AI 디지털 교과서'의 핵심은 단순한 코딩 교육이 아니다. 교육부는 '디지털 소양(Digital Literacy)'을 기초 소양으로 강조하며, 기술을 윤리적이고 주도적으로 사용하는 능력을 필수로 규정했다.

특히 최근 심각해진 청소년 멘탈 헬스 문제를 해결하기 위해, 위(Wee) 클래스 등 상담 시스템에 'AI 기반 위기 감지'와 '메타버스 상담실' 도입을 적극 권장하고 있다.

| 과학기술정보통신부: '메타버스 윤리 원칙' 수립 |

가상 공간에서의 성범죄, 언어폭력 등 새로운 유형의 피해를 막기 위해 3대 핵심 가치(자아 정체성, 안전한 향유, 지속 가능한 번영)를 발표했다. 이는 ELCOM XR이 추구하는 '안전한 XR 경험'과 정확히 일치하는 정책 기조다.

| 보건복지부 & 교육청: '생명 존중 교육'의 체험형 전환 |

기존의 텍스트 위주 자살 예방 교육이 효과가 떨어진다는 지적에 따라, 체험형·참여형 콘텐츠 예산을 확대하고 있다. 경기도교육청 등 주요 교육청은 '스마트 체육교실', 'VR 스포츠실' 보급 사업을 통해 신체 활동과 정서 치유를 연계하는 모델을 확산 중이다.

■ 해외 동향 : '성적'보다 '웰빙(Well-being)'이 먼저다

교육 선진국들은 이미 기술을 '정서 함양'의 핵심 도구로 정의하고 구체적인 커리큘럼을 운영 중이다.

| 미국: SEL(사회정서학습)과 VR의 만남 |

미국 교육계의 가장 큰 화두는 SEL(Social Emotional Learning, 사회정서학습)이다. 단순히 교과 지식을 배우는 것을 넘어, 감정을 조절하고 타인과 공감하는 능력을 키우는 것이 목표다.

스탠퍼드 대학 등을 중심으로 'VR 공감 훈련 프로그램'이 개발되어 일선 학교에 보급되고 있다. 인종 차별, 학교 폭력 상황을 VR로 체험하며 타인의 고통을 이해하는 이 프로그램은, 실제 교내 폭력 감소에 기여하고 있다.

| 핀란드 & 북유럽: AI는 '감시자'가 아닌 '지원자' |

핀란드는 국가 교육의 핵심 목표를 '웰빙'에 둔다. 이곳에서 AI는 학생의 성적을 감시하는 것이 아니라, 학습 패턴을 분석해 '번아웃(Burnout)' 징후를 조기에 발견하는 데 쓰인다.

학생이 과도한 스트레스를 받으면 AI가 휴식을 권하거나, 상담 교사에게 알림을 보내는 시스템이 정착되어 있다.

| 일본: 등교 거부(부등교) 학생을 위한 메타버스 교실 |

일본은 '히키코모리(은둔형 외톨이)'와 등교 거부 학생 문제가 심각

　　　　　　　　　　기술이 아이를 살릴 수 있을까?

하다. 이를 해결하기 위해 문부과학성은 '메타버스 등교'를 출석으로 인정하는 파격적인 정책을 시행했다.

· 대인기피증이 있는 학생들이 아바타 뒤에 숨어 안전하게 소통을 시작하고, 점차 사회성을 회복하여 현실 학교로 복귀하는 '디지털 재활'의 성공 사례가 늘고 있다.

| 영국: '온라인 안전법(Online Safety Bill)'과 디지털 웰빙 |

영국은 세계에서 가장 강력한 수준의 온라인 안전법을 통해 아동·청소년을 유해 콘텐츠로부터 보호한다. 학교에서는 '디지털 웰빙'을 필수 과목으로 지정하여, 기술에 지배당하지 않고 기술을 주도적으로 활용하는 법을 가르친다.

■ 글로벌 트렌드 요약 : '기술 중심 → 인간 중심 → 정서 중심'

전 세계 교육 정책의 흐름을 한 문장으로 요약하면 'Human-Centric Tech(인간 중심 기술)'이다.

· 1세대(인프라 중심): 기기를 보급하고 와이파이를 설치하는 단계.

· 2세대(콘텐츠 중심): 교과서 내용을 디지털로 옮기는 단계.

· 3세대(정서·생명 중심 - 현재): 기술을 통해 아이들의 마음을 읽고, 상처를 치유하며, 건강한 시민으로 기르는 단계.

지금 우리가 개발하는 ELCOM XR과 뇌파 분석 헬스케어 솔루션은 이러한 글로벌 3세대 교육 트렌드의 최전선에 서 있다. 이는 단순한 교육 상품이 아니라, 미래 교육이 반드시 가야 할 '필연적인 방향'이다.

제5장 결론: 기술은 감정을 깨워야 한다

우리는 그동안 기술을 오해하고 있었다. 아이들을 화면 속에 가두고, 자극적인 도파민을 쏟아내게 만드는 것이 기술의 전부라고 생각했다. 하지만 생명 존중의 관점에서 본 기술은 달라야 한다.

정택수 센터장은 현장에서 수천 명의 아이들을 만나며 늘 강조한다.

"아이들의 마음 문은 굳게 닫혀 있습니다. 그 문을 억지로 열려 하지 마세요. 아이들이 스스로 열고 나올 수 있는 '가장 안전한 노크'가 필요합니다."

XR과 AI는 바로 그 안전한 노크가 되어줄 수 있다.

XR은 메마른 공감의 밭에 물을 주는 '스프링클러'가 되어, 타인의 아픔을 머리가 아닌 가슴으로 느끼게 한다. AI는 겉으로는 웃고 있지만 속으로는 울고 있는 아이의 마음 날씨를 읽어 주는 '따뜻한 기상 캐스터'가 되어, 전문가가 놓칠 수 있는 미세한 신호를 포착한다.

이 두 기술의 융합은 기존의 교육이 닿지 못했던 아이들의 무의식 깊은 곳까지 닿아, 새로운 차원의 생명 존중 교육을 가능하게 한다.

하지만 잊지 말아야 한다.

청진기가 아무리 정밀해도 결국 병을 고치는 것은 의사의 따뜻한 손길이듯, 우리의 기술은 정택수 센터장과 같은 선생님들의 사랑이 아이들에게 더 깊이 닿도록 돕는 '가장 정밀한 청진기'일 뿐이다.

이 강력한 기술을 오직 '사람을 살리는 방향'으로만 설계하고 사용하는 것. 그것이 나의 흔들리지 않는 사명이며, ELCOM XR이 존재하는 이유다.

이 워크북은 정답이 없다. 자신의 감정을 솔직하게 표현하는 것이 곧 치유이자 교육이다.

활동 1. 나의 XR·AI 체험 감정 기록하기

Q. 오늘 XR·AI 체험에서 가장 강하게 느꼈던 감정은 무엇인가요?

☐ 신났다 ☐ 긴장됐다 ☐ 무서웠다 ☐ 슬펐다 ☐ 평온했다

☐ 자신감이 생겼다 ☐ 설명하기 어려운 감정

→ 그 감정을 느낀 장면은? ___________________________________

활동 2. 공감 체험 후 나의 생각 변화

Q. XR·AI에서 누군가의 입장이 되어보니 어떤 점이 가장 인상 깊었나요? 그 경험이 나의 행동에 어떤 변화를 줄 수 있을까요?

____

활동 3. XR·AI 체험 후 '나를 지키는 문장' 만들기

Q. 아래 문장을 나만의 말로 바꿔보세요.

"나는 소중한 사람이다."

"힘들 때 도움을 요청하는 것은 용기다."

"나는 누군가에게 힘이 될 수 있다."

활동 4. 나의 감정 흐름 그리기

XR 체험 전 → 체험 중 → 체험 후

감정의 변화를 그림·색·키워드로 표현해 보세요. _________________

활동 5. 기술을 좋은 방향으로 사용하기

Q. 아래 질문에 나만의 답을 적어 보세요.

· 내가 기술을 사용할 때 가장 조심해야 하는 것은? _____________

· 기술이 나를 지치게 하는 순간은? _________________________

· 기술이 나에게 힘이 되어 주는 순간은? _____________________

· 앞으로 기술을 '건강하게' 사용하기 위해 나는? _______________

Chapter Overview
생명 존중 전문가와 XR·승마 전문가의 필연적인 만남

“말(Word)만으로는 아이들을 구할 수 없었습니다.”

“지난 15년 동안 자살 위기에 처한 아이들을 만났습니다. 아이들의 눈빛은 점점 흐려지는데, 기존의 상담과 강의만으로는 닫힌 마음의 문을 여는 데 한계가 있음이 뼈저리게 느꼈습니다. 아이들은 더 이상 텍스트에 반응하지 않았고, 어른들의 훈계에 귀를 닫았습니다. ‘어떻게 하면 아이들의 뇌와 가슴에 즉각적으로 닿을 수 있을까?’ 그 절박한 고민 끝에 만난 해답이 바로 이문하 대표가 제시한 XR(확장 현실)과 승마였습니다.”

_ 정택수 (한국자살예방센터장 · 15년 자살위기상담 전문가)

“말(Horse)이 주는 치유의 힘을 기술로 확장하고 싶었습니다. 승마가 주는 정서적 안정감을 XR 기술로 구현하여, 더 많은 아이가 시공간의 제약 없이 치유 받을 수 있도록 말이죠. 이 장에서 소개할 모델은 한국자살예방센터의 ‘현장 경험’과 저희 센터 및 엘콤XR의 ‘최첨단 융합 기술’이 만나 탄생한, 가장 실전적인 생명 구조 시스템입니다.”

_ 이문하 (한국재활승마교육센터 대표 · 엘콤XR 상무)

6장

XR·AI를 기반으로 한 생명 존중 교육 패러다임

1

'디지털 윤리 → 정서 →
XR·AI → 생명 존중'의 통합 구조

오늘날의 청소년 문제는 단편적이지 않다. 디지털 과몰입, 사이버 폭력, 정서 불안, 관계 단절은 하나의 거대한 사슬처럼 얽혀 있다. 따라서 해법 또한 통합적이어야 한다.

우리는 파편화된 교육을 넘어선 유기적인 4단계 순환 구조를 제시한다.

1) 디지털 윤리(Digital Ethics): 생존을 위한 기초 안전망
디지털 세상은 아이들에게 또 하나의 현실이다.
이 단계는 '위험을 인지하고 회피하는 힘'을 기르는 기초 체력 훈련이다.

　　　　　　　　　기술이 아이를 살릴 수 있을까?

· 자기방어 기제 형성: 무분별한 알고리즘과 조작된 콘텐츠 속에서 '나'를 잃지 않는 비판적 사고 능력을 배양한다.

· 디지털 시민성 확립: 사이버불링, 개인정보 유출 등 보이지 않는 폭력의 실체를 인지하고, 가해자나 방관자가 되지 않도록 윤리적 민감성을 높인다.

· 핵심 가치: "기술의 지배를 받는 객체가 아닌, 기술을 통제하는 주체로 선다."

2) 정서·감정 안정(Emotional Stability): 배움과 생명의 토양

메마른 땅에 씨앗을 심을 수 없듯, 정서가 안정되지 않으면 어떠한 윤리 교육도, 기술 체험도 흡수되지 않는다.

· 감정의 해상도 높이기: '짜증난다' 한마디로 뭉뚱그려진 감정을 슬픔, 불안, 외로움 등으로 정확히 인식(Labeling)하게 돕는다.

· 심리적 안전지대 구축: 자존감을 회복하고, 타인과의 관계 맺기를 다시 시도할 수 있는 마음의 여유를 만든다.

· 핵심 가치: "정서적 안정이 곧 생명 존중으로 가는 출발점이다."

3) XR·AI를 기반으로 한 체험(Immersive Experience): 가장 강력한 '행동 수정' 도구

아이들은 텍스트로 배우지 않는다. 온몸으로 경험할 때 비로소 각인된다.

XR과 AI는 '머리로 아는 지식'을 '가슴으로 느끼는 경험'으로 전환하는 가교(Bridge)이다.

- 공감의 체화(Embodied Empathy): VR을 통해 타인의 고통이나 상황을 1인칭 시점에서 체험하며, 피상적인 이해를 넘어선 깊은 공감을 이끌어 낸다.
- 안전한 시뮬레이션: 학교 폭력 방관 상황이나 자살 위기 등 현실에서 겪기 힘든 고위험 상황을 가상 공간에서 안전하게 마주하고, 올바른 대처를 반복 훈련한다.
- 핵심 가치: "백 번의 말보다 한 번의 강렬한 몰입이 아이의 뇌 구조를 바꾼다."

4) 생명 존중 가치 내면화(Life Respect): 교육의 최종 목적지

모든 과정의 끝은 결국 '나와 타인을 소중히 여기는 마음', 즉 '살고 싶은 의지'의 회복이다.

- 존재 가치의 재확인: 기술과 비교할 수 없는 생명 그 자체의 고귀함을 깨닫는다.
- 속도보다 관계: 디지털의 즉각적인 반응보다, 느리더라도 진정성 있는 인간관계를 선택하는 힘을 기른다.
- 핵심 가치: "이 교육은 단순한 커리큘럼이 아니라, 아이를 살리기 위한 구조적 설계다."

2

아동·청소년을 위한
4단계 체험형 교육 모델

ELCOM XR은 이론에 머물지 않고 현장에서 즉시 적용 가능한 실천적 흐름(Flow)을 설계했다. 이는 아이들의 심리 변화 곡선을 따르도록 정교하게 구조화되었다.

1단계. Awareness - 자각(디지털 정글 속의 나를 발견하다)

· 현실 직시: 단순한 강의가 아닌, 실제 데이터와 사례를 통해 내가 얼마나 심각한 디지털 위험(중독, 착취, 폭력)에 노출되어 있는지 객관적으로 '메타인지' 하게 한다.

· 경각심 깨우기: 조작된 딥페이크나 사이버불링이 한 사람의 인생을 어떻게 파괴하는지 시각적으로 확인하며 문제의식을 갖는다.

2단계. Emotion – 환기(억눌린 감정을 숨 쉬게 하다)

· 감정의 시각화: 내 마음속의 무게와 색깔을 표현하는 활동을 통해 억압
된 감정을 배출(Ventilation)한다.

· 정서적 연대: 또래와 감정을 공유하며 '나만 힘든 게 아니구나'라는 위
로와 소속감을 얻는다. 이때 재활승마의 정서 교감 원리와 XR 힐링 콘
텐츠가 닫힌 마음을 여는 열쇠가 된다.

3단계. Experience – 몰입(가상 경험으로 행동을 연습하다)

· 1인칭 공감 VR: 피해자의 시선, 방관자의 시선, 도움을 주는 친구의 시
선 등 다양한 관점을 체험하며 공감 능력을 극대화한다.

· 능동적 선택 훈련: 위기 상황 시나리오에서 내가 어떤 선택(신고하기, 말
걸어주기 등)을 하느냐에 따라 결말이 바뀌는 인터랙티브 XR을 통해 효
능감을 맛본다.

· AI 감정 피드백: 체험 도중 변하는 나의 표정과 생체 신호를 AI가 분석
하여, 현재 나의 심리 상태를 객관적으로 보여 준다.

4단계. Empowerment – 실천(변화의 주체가 되어 세상으로 나가다)

· 선언과 다짐: 체험을 통해 느낀 점을 바탕으로 '나의 생명 존중 선언문'
을 작성하고, 스스로 지킬 수 있는 약속을 정한다.

· 일상으로의 연결: 가상 공간의 다짐이 현실로 이어지도록, 일주일간의
'관계 회복 미션'과 '오프라인 행동 지침'을 수행한다.

 기술이 아이를 살릴 수 있을까?

3

경험이 사고를
바꾸는 이유

■ 왜 텍스트나 영상보다 '체험'이 중요한가?

현장의 목소리 – "백 마디 위로보다 강력한 7분의 체험"

"처음엔 반신반의했습니다. 기계가 사람의 마음을 만진다는 게 말이 되냐고요. 하지만 XR 승마 체험 후 펑펑 우는 아이를 보며 확신했습니다. 아이들은 '설명'을 듣고 싶은 게 아니라, 내 마음을 '알아주는' 경험이 필요했던 겁니다. 어른들이 백번 말해도 안 바뀌던 아이가, 가상 공간에서의 강렬한 체험 한 번으로 눈빛이 달라졌습니다."

_정택수 센터장

1) 즉각적인 정서적 동기화(Emotional Synchronization)

글을 읽을 때 뇌는 '분석'하지만, VR 상황에 들어가는 순간 뇌는 이

를 '실재'로 착각하여 즉각적인 감정 반응을 일으킨다. 이는 공감 능력
이 부족한 아이들의 거울 뉴런(Mirror Neuron)을 강력하게 자극한다.

2) 자기 효능감(Self-Efficacy)의 획득

현실에서는 위축되어 아무것도 할 수 없던 아이가, 시뮬레이션 속에
서 친구를 구하거나 문제를 해결하는 경험을 한다. '내 행동이 결과를
바꿀 수 있다'는 성공 경험은 실제 상황에서의 대처 능력을 비약적으
로 상승시킨다.

3) 회복 탄력성을 기르는 '안전한 실패'

현실에서의 실패는 트라우마가 될 수 있다. 하지만 XR 환경에서
는 실패해도 다시 시도할 수 있다. 이 반복적인 과정은 실패를 두려
움의 대상이 아닌, 학습의 과정으로 받아들이게 하여 회복 탄력성
(Resilience)을 강화한다.

4) 인지 부조화의 해결

머리로는 '생명이 소중하다'고 알지만, 행동하지 못하는 괴리(인지
부조화)를 몸이 기억하는 체험을 통해 일치시킨다. 체험형 교육은 사
고의 회로 자체를 재구성한다.

                          기술이 아이를 살릴 수 있을까?

4

기술이 인간의 회복력에
기여하는 방식

기술은 차갑지만, 그 목적은 인간을 향해 가장 뜨거워야 합니다. ELCOM XR은 기술을 단순한 도구가 아닌, 아이들의 무너진 마음을 일으키는 '회복의 지렛대'로 정의합니다.

1) 심리적 무장 해제(Ice Breaking)

"닫힌 마음을 여는 디지털 열쇠"

상담실을 거부하는 아이들도 XR 앞에서는 경계를 품니다. 평가받는 두려움 없이 게임처럼 즐기는 순간, 견고했던 심리적 방어벽은 자연스럽게 무너지고 '진짜 속마음'을 꺼내놓게 됩니다.

2) 위기 대응 근육 강화(Simulation)

"머리가 아닌 몸이 기억하는 생존 본능"

위기의 순간, 뇌는 정지합니다. 가상 공간에서의 안전한 무한 반복 훈련은 지식을 '반사 신경'으로 바꿉니다. 실제 상황이 닥쳤을 때, 아이는 당황하지 않고 훈련된 대로 몸을 움직여 자신과 친구를 지킵니다.

3) 보이지 않는 신호 포착(AI Sensing)

"소리 없는 비명을 듣는 청진기"

아이들은 "살려주세요"라고 말하지 않습니다. AI는 교사가 놓칠 수 있는 미세한 표정 떨림, 동공 변화, 반응 지연을 0.1초 단위로 포착합니다. 이것은 아이가 보내는 마지막 구조 신호를 놓치지 않게 하는 '골든 타임의 파수꾼'입니다.

4) 관점의 전환(Perspective Taking)

"나라는 감옥을 탈출해 타인을 만나는 기적"

백 마디 훈계보다 한 번의 체험이 강력합니다. 가해자가 되어보고, 피해자가 되어보는 1인칭 몰입 경험은 "내가 아프면, 너도 아프다"라는 단순한 진리를 뇌와 가슴에 즉각적으로 각인시킵니다.

5

재활승마·XR·AI
융합 사례 분석

■ 세계 유일의 융합 모델, 그 독보적인 경쟁력

이 프로젝트는 단순한 기술 도입 사례가 아니다. 한국재활승마교육센터가 축적해 온 임상적 치유 데이터와 노하우가 ELCOM XR의 첨단 기술력과 만나 탄생한, 세계적으로 유례를 찾기 힘든 독창적인 융합 모델이다.

살아 있는 말(Horse)이 주는 생명력 넘치는 치유 효과를 XR 기술로 시공간의 제약 없이 확장시킴으로써, 우리는 치유의 사각지대에 놓인 아이들에게 닿을 수 있는 혁신적인 길을 열었다.

1) 생체 리듬 동기화(Rhythm & Balance Mechanism)

: 뇌의 파동을 바꾸는 물리적 진동의 힘

재활승마의 핵심 원리는, 말이 걸을 때 발생하는 분당 60~100회의 고유한 파동(Three-dimensional movement)에 있다. 이 리듬은 인간의 보행 리듬과 가장 유사하며, 기승자의 골반을 통해 척추와 뇌간으로 전달되어 전정기관(Vestibular System)을 자극한다.

· 뇌파의 안정화: 불규칙하고 날카로운 베타파(스트레스 상태)를 부드러운 알파파(이완 및 집중 상태)로 전환시킨다. 이는 약물 없이 뇌의 흥분도를 낮추는 가장 자연스러운 방법이다.
· XR 시뮬레이터의 정밀 구현: ELCOM XR의 모션 시뮬레이터는 단순한 놀이 기구가 아니다. 실제 재활승마에서 사용되는 말의 보행 데이터를 0.01초 단위로 분석하여 모터 제어 기술로 구현했다. 이를 통해 아이들은 교실 안에서도 실제 말 위에 앉아 있는 것과 동일한 물리적, 심리적 이완 효과를 경험한다.

2) 통제감과 유능감의 회복(Restoring Sense of Control)

: '내가 주도한다'는 감각이 만드는 기적

학교 폭력 피해 학생이나 은둔형 외톨이들의 공통점은,
'학습된 무기력(Learned Helplessness)'이다. 세상이 내 마음대로

     기술이 아이를 살릴 수 있을까?

되지 않는다는 절망감이 그들을 지배한다. 승마는 이 무기력을 깨뜨리는 가장 강력한 도구다.

· 압도적 대상의 통제: 자신의 몸보다 10배나 무겁고 큰 대상을(가상 혹은 실제) 내 의지대로 움직여 보는 경험은 아이들에게 강렬한 자기 효능감(Self-Efficacy)을 심어 준다.
· 성취의 내면화: 고삐를 당기면 멈추고, 신호를 주면 나아가는 즉각적인 반응을 통해 아이는 "나도 상황을 통제할 수 있다", "나도 힘이 있다"라는 사실을 본능적으로 깨닫는다. XR 환경에서의 안전한 성공 경험은 현실 세계의 문제 해결 의지로 전이(Transfer)된다.

3) 비언어적 소통의 힘(Non-verbal Communication for Neurodiversity)
: 말이 필요 없는 대화, 그 깊은 위로

자폐 스펙트럼(ASD), ADHD, 선택적 함구증 등을 겪는 신경다양성(Neurodiversity) 아동들에게 '사람과의 대화'는 때로 거대한 공포다. 재활승마와 XR은 이들에게 '말(Language)이 필요 없는 소통'의 창구를 열어 준다.

· 심리적 장벽 제거: 말(Horse)과 XR 캐릭터는 아이를 평가하거나 재촉하지 않는다. 이 무비판적인 수용 태도는 아이들의 방어기제를 허물고 마음을 열게 한다.
· 감각적 상호 작용: 언어 대신 부드러운 터치, 눈 맞춤, 리듬 타기 등 신체

감각(Somatic Sensation)을 통해 소통한다. XR 콘텐츠는 시각적 피드백(예: 아이가 웃으면 화면 속 말이 함께 반응함)을 통해 즉각적인 보상을 제공하며, 사회적 상호 작용의 즐거움을 뇌에 각인시킨다.

4) AI 데이터 기반 정밀 케어(Data-Driven Precision Care)

: 보이지 않는 마음을 데이터로 읽다

한국재활승마교육센터의 현장 경험은 '직관'이었지만, ELCOM XR은 그것을 '과학'으로 증명한다. 체험 과정에서 발생하는 모든 반응은 데이터가 된다.

- 디지털 표현형(Digital Phenotyping) 분석: 기승 중 아이의 심박수 변동(HRV), 시선 추적(Eye-tracking), 반응 속도, 자세의 경직도 등을 센서가 실시간으로 수집한다.
- 객관적 지표 제공: "아이가 좀 편안해 보여요"라는 추상적 보고가 아니라, "스트레스 지수가 30% 감소했고, 긍정적 반응 빈도가 5회 증가했습니다"라는 객관적 수치를 교사와 학부모에게 제공한다. 이는 아이의 내면 변화를 추적하고 맞춤형 상담을 진행하는 결정적인 근거(Evidence)가 된다.

기술이 아이를 살릴 수 있을까?

"아날로그의 깊이와 디지털의 넓이가 만났습니다."

한국재활승마교육센터가 가진 생명 존중의 철학과 임상 노하우는 이 모델의 '심장'이며, ELCOM XR의 기술력은 그 심장을 뛰게 하는 '혈관'입니다.

이 융합 모델은 단순히 두 가지를 섞은 것이 아닙니다. 현실의 제약 (비용, 장소, 안전) 때문에 소수의 아이들만 누릴 수 있었던 '치유의 특권'을, 기술을 통해 모든 아이가 누릴 수 있는 '보편적 복지'로 전환시킨 혁명적인 교육 모델입니다.

6

미래 교육의 표준:
ELCOM XR 생명 존중 모델

■ 교육의 판을 바꾸는 'Game Changer'

우리는 지금껏 경험해 보지 못한 교육적 난제 앞에 서 있다. 디지털 네이티브 세대의 정서적 빈곤과 기술 과몰입은 기존의 텍스트 위주 도덕 교육이나 단편적인 상담으로는 해결할 수 없는 임계점에 도달했다.

이에 ELCOM XR은 단순한 기자재 납품을 넘어, 기술과 인간, 학교와 사회를 유기적으로 연결하여 아이들을 살려내는 미래 교육의 새로운 표준(New Standard)이자, 가장 강력한 실천적 프로토콜(Protocol)을 제안한다.

　　　　　　　　　　　기술이 아이를 살릴 수 있을까?

1) Digital Ethics Design

기술의 위험을 먼저 이해하고 방어하는 '디지털 백신(Digital Vaccine)' 설계

기존의 정보 윤리 교육은 문제가 터진 뒤에야 수습하는 '사후 처방'에 가까웠다. ELCOM XR 모델은 '예방적 설계(Preventive Design)'를 최우선으로 한다. 바이러스가 침투하기 전에 면역력을 기르듯, 아이들에게 디지털 위험에 관한 항체를 심어 주는 것이다.

- 위험의 시각화: 추상적인 '알고리즘의 편향성', '사이버 렉카의 선동 구조'를 XR로 해부하여 보여 줌으로써, 아이들이 화면 뒤의 조작을 직관적으로 깨닫게 한다.
- 반사적 방어 기제: 딥페이크나 사이버불링 시도에 직면했을 때, 뇌가 즉각적으로 위험 신호를 감지하고 거절할 수 있도록 '반사적 윤리 감각'을 훈련시킨다.

2) Emotional Foundation

감정 인식 → 안정 → 관계 회복으로 이어지는 '정서 기반(Emotional Basis)' 설계

교육학적으로 볼 때, 불안과 우울이 높은 상태(High Anxiety)에서는 어떠한 인지적 학습도 뇌에 입력되지 않는다. ELCOM XR 모델은 '先 정서 안정, 後 가치 교육'이라는 철칙을 따른다.

- 데이터를 기반으로 한 정서 스캐닝: 아이의 표정·음성·생체 신호를 AI가

분석하여 현재의 감정 상태를 진단하고, 그에 맞춰 교육 난이도와 내용을 개인화(Personalization)한다.

· 감각 통합 치유: 뇌의 변연계를 안정시키기 위해 시각(XR), 청각(사운드 테라피), 촉각(승마 시뮬레이터의 리듬)을 통합적으로 자극하여 닫힌 마음을 여는 '심리적 아이스 브레이킹'을 선행한다.

3) Immersive Experience

몸과 감정이 함께 기억하는 '실감형 몰입(Embodied Learning)' 교육

"백 번 듣는 것보다 한 번 보는 것이 낫고, 천 번 보는 것보다 한 번 해 보는 것이 낫다." ELCOM XR의 핵심 경쟁력은 지식이 아닌 '체화된 인지(Embodied Cognition)'에 있다.

· 관점 교체(Perspective Taking): 가해자가 되어보거나, 방관자가 되어 구조해 보는 1인칭 시점 경험은 타인의 고통을 머리가 아닌 가슴으로 느끼게 한다. 이는 공감 능력이 결여된 현대 청소년들에게 가장 강력한 처방전이다.
· 현실-가상 동기화: 신체의 움직임이 가상 세계의 결과로 이어지는 경험을 통해, 아이들은 단순 관찰자가 아닌 상황을 주도하는 주인공으로서의 '자기 효능감'을 회복한다.

4) Action Oriented

지식이 아닌 행동·습관·관계의 변화를 이끄는 '실천 중심(Action-Based)' 교육

아는 것과 행하는 것의 간극(Knowing-Doing Gap)은 도덕 교육의 오랜 난제였다. ELCOM XR 모델은 아이들이 착한 마음을 먹는 것에 그치지 않고, 실제 위기 상황에서 손을 내밀 수 있는 '행동 근육'을 키우는 데 방점을 둔다.

· 결과 예측 시뮬레이션: '지금 내가 친구에게 말을 걸어 준다면?' 나의 작은 선택이 미래를 어떻게 긍정적으로 바꾸는지(Butterfly Effect)를 XR로 체험하며 행동의 중요성을 각인한다.
· 반복 훈련을 통한 습관화: 심폐소생술을 몸으로 익히듯, 마음을 살리는 말과 행동을 가상 공간에서 안전하게 무한 반복하여 실제 상황에서의 대응력을 높인다.

5) Eco-System

학교-가정-지역 사회가 데이터를 공유하고 함께 아이를 지키는 '연계 구조(Hyper-Connected)'

한 아이를 키우려면 온 마을이 필요하다. ELCOM XR 플랫폼은 학교, 가정, 상담센터가 각개전투하던 기존 방식을 타파하고, 데이터를 통해 아이를 입체적으로 케어하는 연계 시스템을 구축한다.

· One-ID, Total Care: 학교에서의 교육 데이터, 상담센터의 정서 분석 데이터, 가정에서의 생활 데이터가 유기적으로 연결되어 아이를 다각도로 이해한다.

· 위기 징후 조기 경보: 누적된 데이터를 AI가 분석하여, 교사나 부모가 놓칠 수 있는 미세한 자살 징후나 우울 패턴을 사전에 감지하고 알림 (Alert)을 제공하여 골든 타임을 확보한다.

교육의 패러다임이 이동하고 있다. 지식 전달 중심에서 정서 함양과 생명 존중으로, 텍스트 중심에서 경험과 몰입으로 변화하고 있다.

XR과 AI는 아이들의 뇌를 더 빠르고 깊게 변화시킬 수 있는 강력한 도구다. 하지만 이 강력한 힘의 목적은 단 한 가지여야 한다.

"아이 한 명의 무너진 마음을 일으켜 세우는 기술"

"아이 한 명을 포기하지 않고 살리는 데 기여하는 기술"

ELCOM XR의 생명 존중 패러다임은 기술 만능주의를 경계한다.

대신, 기술이 가장 따뜻한 방식으로 인간의 마음에 닿을 때, '미래 교육이 생명을 살리는 최후의 보루'가 될 수 있음을 증명하고자 한다.

※ 정답은 없어요. 자신의 마음을 들여다보고 행동을 다짐하는 과정입니다

활동 1. 나의 정서 상태 점검하기

Q. 지금 내 마음의 날씨는 어떤가요? (복수 선택 가능)

☐ 맑음(편안함) ☐ 흐림(우울 / 무기력) ☐ 천둥 번개(분노 / 짜증)

☐ 안개(혼란 / 불안) ☐ 무지개(기대감 / 설렘)

Q. 선택한 이유를 한 문장으로 적어 보세요: (예: 친구와 싸워서 마음이 흐리고 천둥이 치는 것 같다)

____

활동 2. XR 체험 전·후 감정 비교

1) 체험 전 나의 감정 온도: (차갑다 / 미지근하다 / 뜨겁다) ________

2) 체험 후 변화된 감정 온도: ________________________

3) 가장 기억에 남는 장면과 그때 든 생각: ________________

4) 체험을 통해 내 생각이 바뀐 부분이 있다면?(예: 방관하는 것도 잘못이라는 걸 느꼈다.) ______________________

활동 3. 생명 존중 시나리오 선택 훈련

Q. 다음 상황에서 '내가 할 수 있는 선택'을 적어 보세요.

1) 친구가 따돌림을 당하고 있다. – 나의 행동: _____________________

2) SNS에서 친구가 힘들어 보인다. – 나의 행동: _____________________

3) 내가 감정적으로 벼랑 끝이라고 느껴질 때. – 나를 위한 행동:

____

활동 4. 나만의 '생명 존중 실천 계획' 작성

1) 이번 주, 나를 위해 지킬 약속 세 가지:

- ____

- ____

- ____

2) 힘들 때 "도와줘"라고 말할 수 있는 비상연락망(사람 이름 / 연락처):

____

3) 오늘, 고생한 나에게 해 주고 싶은 말 한마디: _____________________

활동 5. XR·AI를 활용해 보고 싶은 생명 존중 콘텐츠 아이디어

"나와 같은 고민을 하는 친구들을 위해 이런 XR·AI 콘텐츠가 있었으면 좋
겠어요!" (자유롭게 상상하여 그림을 그리거나 글로 적어 주세요)

→ ____

기술이 아이를 살릴 수 있을까?

본 장은 이론서가 아니다. 내일 당장 1교시에 활용할 수 있는 Action Plan이다. 디지털 윤리부터 위기 개입까지, 교사가 마주할 수 있는 상황별 표준 시나리오(Script)와 행동 수칙을 담았다.

7장

학교 현장에서 바로 적용 가능한 실전 수업안(교사용 가이드)

1

디지털 윤리 수업 템플릿
(초·중·고등학생 공용)

"기술을 배우기 전, 아이들의 마음부터 지키는 생존 교육"

수업 개요(Class Overview)

이 수업은 단순한 정보 통신 윤리 교육이 아니다. 아이들이 디지털 세상에서 자신의 '정체성(Identity)'을 지키고, 타인의 '생명(Life)'을 존중하는 디지털 시민으로 성장하도록 돕는 가장 기초적인 안전 교육이다.

대상	초·중·고 전 학년(학교급별 수준에 맞게 용어 선택
운영 방식	1차시(창의적 체험활동 또는 도덕 / 정보 교과 연계)

| 학습 목표 | 온라인 공간이 현실의 연장선임을 깨닫는다.
- 인식(Awareness): 온라인 공간이 현실의 연장선임을 깨닫는다.
- 보호(Protection): 디지털 발자국의 영구성을 이해하고 자신을 보호한다.
- 실천(Action): 사이버 폭력 상황에서 방관자가 아닌 방어자로 행동한다. |

상세 수업 시나리오(Flow Chart)

■ 도입 - 아이스 브레이킹: '로그아웃 없는 세상'

· 핵심 질문: "보는 눈이 없어도, 서버(Server)는 기억한다."
· 활동: 칠판에 스마트폰 화면을 그리고 질문 던지기.

교사 시나리오(Script)

"여러분, 우리가 밤새 게임 채팅창에서, 혹은 익명 게시판에서 했던 말들이.... 내일 아침 학교 정문에 내 실명과 함께 대문짝만하게 붙어 있다면 기분이 어떨까요?"

우리는 흔히 '전원 끄면 끝'이라고 생각한다. 하지만 디지털 세상은 거대한 복사기이다. 한 번 뱉은 말과 사진은 영원히 지워지지 않는 문신처럼 남는다. 오늘 우리는 그 '디지털 문신'을 어떻게 아름답게 남길지 이야기해 볼 것이다.

[전개 1] 디지털 발자국(Digital Footprint) 시각화

· 개념: 나의 모든 온라인 활동(검색, 댓글, 사진, 좋아요)이 데이터로 저장됨.

· 활동: [나의 10년 후 검색 결과] 상상해 보기.

· Teacher's Tip(학교급별 적용):

- (초등): "실수로 올린 부끄러운 사진이나 욕설을 부모님이나 좋아하는 친구가 보게 된다면?"

- (중·고등): "여러분이 훗날 정말 가고 싶은 대학이나 회사 면접장에 들어갔는데, 면접관이 여러분의 10년 전 악플 기록을 보고 있다면?"(현실적 타격 강조)

[전개 2] 사이버불링의 메커니즘: '장난과 폭력의 경계'

· 개념: 피해자가 웃지 않으면, 그것은 명백한 폭력이다.

· 사례 분석:

- 감옥: 단톡방에서 나가지 못하게 계속 초대하는 행위.

- 방폭: 한 명만 남겨두고 모두 나가버리는 행위.

- 떼카: 단체로 욕설을 퍼붓는 행위.

- 딥페이크: 사진을 합성하여 조롱하거나 유포하는 행위.

   기술이 아이를 살릴 수 있을까?

"많은 친구가 '그냥 장난이었어요', '다들 하니까요'라고 말합니다. 하지만 스마트폰 화면 뒤에 있는 친구는 지금, 지옥을 경험하고 있을지도 모릅니다. 내가 누른 '좋아요' 하나가 친구를 벼랑 끝으로 미는 손가락질이 될 수 있음을 기억해야 합니다."

[전개 3] 행동 강령: 나를 지키는 'S.T.A. 기법'

· 활동: 위기 상황(화가 나거나, 협박을 받거나, 괴롭힘을 목격했을 때) 대처법 훈련.

· S(Stop): 멈춤!

- 감정이 격해지거나 두려울 때, 즉시 키보드에서 손을 떼고 화면을 끈다.(반응하지 않는 것이 최고의 방어)

· T(Think): 생각!

- True?(사실인가?)

- Helpful?(도움이 되는가?)

- Illegal?(불법은 아닌가?)

- Necessary?(꼭 필요한 말인가?)

- Kind?(친절한가?)

· A(Ask): 요청!

- 혼자 해결하려 하지 말고, 반드시 신뢰할 수 있는 어른(교사, 부모, 경찰 117)에게 알린다.

> **[정리] 디지털 책임 선언(Digital Pledge)**
>
> · 선언 문구:
>
> - 나는 온라인에서도 내 이름과 얼굴을 걸고 행동하겠습니다.
>
> - 나는 친구의 동의 없는 사진이나 영상을 공유하지 않겠습니다.
>
> - 나는 사이버 폭력을 목격하면, 침묵하지 않고 알리겠습니다.
>
> · 활동: [디지털 시민 서약서] 작성 및 다짐.

■ 수업 준비 체크 리스트

· [ ] 교육용 PPT(디지털 발자국 예시, 사이버불링 사례 이미지 포함)

· [ ] 활동지(나의 발자국 그리기, 서약서)

· [ ] 포스트잇(익명 댓글 체험용)

   기술이 아이를 살릴 수 있을까?

2

XR을 기반으로 한
생명 존중 수업안(초·중·고등)

주제: 가상의 온기, 현실의 생명을 지키다(Touch, Think, Save)

■ 수업 개요(Overview)

본 수업은 단순히 VR 기기를 착용하고 즐기는 오락성 체험이 아니다. 학생들은 가상 현실 속에서 동물을 돌보고(Care), 위기 상황에서 타인을 구출(Save)하며, 올바른 판단(Think)을 내리는 과정을 통해 '생명의 무게'를 체득한다. 이 경험을 '디지털 공간에서의 윤리'로 확장시키는 것이 핵심 목표이다.

대상	초·중·고등학교 전 학년(퀴즈 난이도 조절 가능)
환경	17인 동시 접속 가능한 XR Bus 또는 개별 VR 기기
준비물	HMD(VR 헤드셋), 컨트롤러

■ 단계별 교수·학습 활동(3-Step Model)

STEP 1. [감성 체험] 돌봄의 미학: 말(Horse)과의 교감

"생명을 대하는 태도가 곧 너의 인격이야."

· 활동 목표: 거대한 생명체인 말과 상호 작용하며 배려, 예절, 책임감을 배웁니다.

· 주요 활동(VR 시뮬레이션)

① 관계 맺기(Feeding & Touch): 말에게 다가가 건초와 당근을 직접 먹여 주자. 말이 먹는 속도에 맞춰 기다려 주는 '인내심'을 기르고, 눈을 맞추며 쓰다듬는 '비언어적 소통'을 익히는 거야.

② 책임지기(Grooming): 털을 빗겨 주고 발굽을 정리해 주는 '돌봄'의 과정이야. 화려하게 달리기 전에, 보이지 않는 곳에서의 수고가 먼저라는 걸 깨달아야 해.

③ 예절 갖추기(Etiquette): 안전한 승마 복장을 갖춰 입고, 말에게 안장과 고삐를 채워 주자. 생명과 함께하려면 반드시 '절차와 예의'가 필요하단다.

④ 리드하기(Leading): 고삐를 잡고 말을 끌어 봐. 힘으로 당기는 게 아니라, 말이 너를 믿고 따라오게 만드는 '부드러운 리더십'을 연습하는 거야.

STEP 2. [인지 훈련] 가치를 달리다: XR 윤리 레이싱

"속도보다 중요한 것은 올바른 방향이다."

· 활동 목표: 17명이 함께 달리며, 나의 선택이 결과에 어떤 영향을 미치는지 체감한다.

기술이 아이를 살릴 수 있을까?

· 게임 메커니즘(Think & Speed)

  - 달리다 보면 갑자기 <생명 존중 & 디지털 윤리 퀴즈>가 튀어나올 거야.

  - 정답 시: 부스터 발동(속도 증가) → "올바른 지식이 너의 힘이 되는 거지."

  - 오답 시: 속도 감속(페널티) → "잘못된 판단은 결국 너를 뒤처지게 만드는 거야."

· 교육적 임팩트

  - 건강한 경쟁: 1등은 남을 밀쳐서 된 게 아니야. 문제를 올바르게 해결했기 때문에 얻은 결과지.

  - 집중력 강화: 빠른 속도 속에서도 옳고 그름을 판단하는 '냉철한 머리'를 키우게 될 거야.

STEP 3. [행동 실천] 생명의 무게: 재난 구조 체험

"너의 선택이 누군가의 세상(Life)을 구하는 거야."

· 활동 목표: 극한의 재난 상황에서 타인을 돕는 경험을 통해 생명의 소중함을 몸으로 느낀다.

· 주요 활동

  - 소방관 체험(The Hero): 뜨거운 불길을 잡고 현장으로 들어가자.

  ☞ [하이라이트]: 연기 속에 갇힌 어린아이를 발견하면, 주저하지 말고 등에 업고 탈출해. 가상이지만 등 뒤로 전해지는 묵직한 '생명의 무게'를 절대 잊지 마라.

  - 지진 대피(Cooperation): 땅이 흔들릴 때 친구를 밀치고 혼자 살겠다고 나가면 안 돼. 넘어진 친구를 일으켜 세우고, 머리를 감싸주며 '함께' 나가는 거야.

교사의 멘트(예시)

"자, 다들 헤드셋 내려놓고 선생님 보자.

오늘 우리가 VR 기계 쓰고 그냥 논 거 아니지? 말(Horse) 털을 빗겨 줄 때 느꼈던 그 따뜻한 체온, 그리고 불길 속에서 친구 손을 꽉 잡고 구해냈을 때의 그 떨림.... 다 기억할 거야.

선생님이 오늘 이 수업을 한 진짜 이유는 딱 하나야. '기계보다 사람이 더 뜨겁다'는 걸 알려 주려고.

지금 너희들이 살고 있는 디지털 세상은 참 차갑지? 얼굴 안 보인다고 막 던지는 악플 하나가, 누군가의 가슴엔 칼처럼 박혀서 영혼을 죽이기도 해. 반대로, "괜찮아?"라고 묻는 따뜻한 댓글 하나가 죽고 싶은 사람을 다시 살게 만들기도 하고.

아까 불 속에서 친구 구할 때, 너희들 망설였니? 아니지? 그냥 구했잖아. 현실에서도 똑같아.

주변에 힘들어하는 친구가 보이면, 못 본 척 지나가지 마. 그때 손 내밀어 주는 사람이 진짜 용기 있는 사람이고, 그런 사람을 우리는 '생명 지킴이'*라고 불러.

스마트폰 화면은 차갑지만, 그 뒤에는 항상 너희처럼 뜨거운 심장이 뛰고 있다는 거. 그거 하나만 절대 잊지 말자. 오늘 수업 여기서 마친다. 이상."

XR 체험을 통해 느낀 감각을 '삶의 지혜'로 내면화하는 단계이다.
특히 레이싱 결과에 담긴 [지연(Delay)]과 [완주(Completion)]의 의미를 해석하는
것이 핵심이다.

① [성찰 활동지] 나의 인생 레이싱 리포트

"속도는 줄어들 수 있지만, 멈추지는 않는다."

엘콤XR 레이싱 시스템은 퀴즈(윤리적 판단)를 틀리면 속도가 줄어드는 '페
널티'가 적용된다. 학생들은 자신의 주행 기록을 통해 스스로의 삶의 태도
를 점검한다.

구분	나의 기록 (My Record)	성찰하기(Self-Reflection)
결과	총 17명 중 [___] 위 □ 완주 성공 (Finish)	Q. 나의 순위가 결정된 가장 큰 이유는 무엇인가요? □ 운전 미숙(장애물 충돌) □ 퀴즈 오답(윤리적 판단 실수) □ 퀴즈와 운전 모두 완벽했음
과정	가장 아쉬웠던 순간 (지연의 원인)	Q. 속도가 갑자기 줄어들었을 때(감속), 어떤 마음이 들었나요? □ 짜증이 나고 포기하고 싶었다. □ 내 실수를 인정하고 다시 집중했다. □ 남 탓을 했다.
교훈	나의 다짐	Q. 다음번 레이싱(인생)에서 더 잘 달리려면 무엇이 필요할까요? (예: 무조건 빨리 가는 것보다, 올바른 정답을 아는 것이 더 중요하다.)

② [심화 토론 가이드] 속도보다 중요한 것은 '방향'

주제: "우리는 왜 늦어졌을까? 그리고 어떻게 도착했을까?"

교사는 학생들에게 게임 속 '지연(Delay)' 현상을 '삶의 방향성'과 연결하여 설명해야 한다. 학생들이 속도 경쟁보다는 올바른 판단(방향)의 중요성을 깨닫게 하는 것이 목적이다.

교사 진행

"자, 활동지를 한번 보자. 1등 한 친구도 있고, 조금 늦게 들어온 친구도 있지? 다들 레이싱 게임이니까 '빨리 달리는 게 핵심이다'라고 생각했지?

아니야. 절대 아니야.

선생님이 너희한테 진짜 알려주고 싶었던 건 '속도'가 아니라 '방향'이야.

아까 달리다가 갑자기 차가 멈칫하고 느려진 순간 있었지? 왜 그랬을까? 맞아. 퀴즈를 틀렸기 때문이야. 윤리적인 판단을 잘못하면 시스템이 너를 일부러 늦추게 만든 거지.

우리 인생도 이 게임이랑 정말 똑같아.

우리는 누구나 빨리 성공하고 싶어서 막 달리고 싶어 해. 그래서 가끔은 '거짓말'이라는 오답을 고르기도 하고, '친구를 밟고 올라서는' 반칙을 쓰고 싶어지기도 해. 그 순간에는 그게 지름길처럼 보이고, 그게 성공의 핵심처럼 보일 거야.

근데 아니야.

결과는 어땠니? 오히려 속도가 확 줄어들었지? 인생에서 방향이 틀리면, 속도는 아무 의미가 없는 거야. 잘못된 선택을 수습하느라 인생은 자꾸 지

기술이 아이를 살릴 수 있을까?

연(Delay)되고, 빙 돌아가게 되거든.

반대로 조금 느려 보여도, 매 순간 '옳은 선택(정답)'을 한 친구는 멈춤 없이 가장 빠르게 목표에 도착하는 거지.

하지만 진짜 중요한 건 이거야.

오늘 17명 중에 중간에 게임 오버 된 사람 있니? 한 명도 없지? 비록 실수를 해서 늦게 들어온 친구는 있어도, 포기한 친구는 없어.

실수해서 조금 늦어져도 괜찮아. 중요한 건, 늦더라도 포기하지 않고 끝까지 올바른 방향을 찾아서 완주하는 거야. 그게 진짜 성공한 인생이다."

③ [실천 과제] 디지털 생명 존중 서약서

"가상의 온기를 현실의 다짐으로."
체험을 통해 배운 가치를 구체적인 행동으로 약속하고 기록하는 과정이다.

서약서

· 나는 생명을 지키는 디지털 시민입니다.
· 나는 속도보다 방향이 중요함을 배웠습니다. 확인되지 않은 정보를 빠르게 퍼나르기보다 진실인지 먼저 생각하겠습니다.
· 나는 화면 뒤에 사람이 있음을 기억합니다. 나의 댓글이 누군가의 가슴에 꽂히는 칼이 되지 않도록 하겠습니다.
· 나는 포기하지 않고 손을 내밉니다. 힘든 친구를 보았을 때, 방관자가 아닌 '생명 지킴이'가 되겠습니다.

202　년　월　일

서약자: ＿＿＿＿＿＿＿＿＿ (인)

④ [교사 체크 포인트] 수업 관찰 및 지도 팁(Tip)

"XR 데이터는 학생의 마음을 보여 주는 거울입니다."

· 완주의 가치 칭찬하기(No Game Over): 엘콤XR 시스템의 핵심은 '낙오자 없는 교육'이다. 17등으로 들어온 학생에게 "꼴찌네"라고 지적하지 말고, "퀴즈를 고민하느라 늦었구나. 하지만 포기하지 않고 끝까지 들어온 끈기가 아주 멋지다"라고 격려한다. 자존감을 세워주는 것이 생명 존중 교육의 시작이다.

· 공격적 성향 관찰(Observation): 레이싱 중 고의적으로 타인의 차량을 지속적으로 들이박거나(충돌 횟수 과다), 재난 구조 활동에서 구조를 거부하는 등 특이 행동을 보이는 학생은 정서적 위기 신호일 수 있다. 수업 후 개별 상담을 권장한다.

· 감각의 전이(Haptic to Heart): 승마 시뮬레이터의 따뜻한 털의 느낌, 재난 현장의 진동 등을 언급하며 "가상에서도 이렇게 생생한데, 현실의 아픔은 얼마나 더 크겠니?"라고 질문하여 공감 능력을 자극한다.

기술이 아이를 살릴 수 있을까?

3

정서·감정 이해
활동 수업안

주제 : 감정은 문제 행동이 아니라, 마음의 신호다
(Feel → Name → Understand → Ask)

본 수업은 문제 행동을 통제하거나 교정하기 위한 수업이 아니다.

아이들이 자신의 감정을 인식하고, 말로 표현하며, 도움을 요청하는 '정서적 안전 기술'을 익히는 데 목적이 있다.

특히 분노, 무기력, 침묵과 같은 행동 이면에 숨은 감정 신호를 이해하고, 위기 이전에 개입할 수 있도록 돕는 예방 중심 수업이다.

■ 수업 개요

대상	초·중·고 전 학년
차시	1차시

활용	창의적 체험활동, 인성교육, 상담주간, 생명존중 교육
수업 원칙	평가 없음, 발표 강요 없음
핵심 메시지	감정은 틀린 것이 아니다. 표현되지 않았을 뿐이다.
학습 목표	- 자신의 감정을 인식하고 이름 붙일 수 있다. - 감정은 사건이 아니라 해석에서 비롯됨을 이해한다. - 감정을 공격이나 침묵 대신 말로 표현하는 연습을 한다. - 도움이 필요할 때 어른에게 요청할 수 있다.

■ 교수·학습 활동

STEP 1. 감정 인식

"이름을 모르면, 감정은 행동으로 터진다."

· 활동 1. 감정 날씨 선택

교사는 칠판에 날씨 그림(맑음, 흐림, 비, 번개, 안개)을 제시한다.

교사 발문

"오늘 기분이 좋다, 나쁘다 말고

지금 내 마음의 날씨 하나만 골라보자.

비가 오는 날씨도 잘못된 건 아니다."

학생은 손들기 또는 활동지 체크만으로 참여한다.

이유 설명은 선택이며, 강요하지 않는다.

· 활동 2. 감정 단어 구체화

교사는 학생들이 자주 사용하는 감정 표현을 다음과 같이 확장한다.

기술이 아이를 살릴 수 있을까?

- 짜증 난다 → 답답함, 억울함

- 화난다 → 상처받음, 무시당함

- 우울하다 → 외로움, 무기력

· 핵심 정리

감정을 정확히 말할 수 있을수록, 문제 행동은 줄어든다.

STEP 2. 감정 이해

"같은 일, 다른 마음"

· 활동 3. 감정의 구조 이해하기

교사는 다음 구조를 간단히 설명한다.

A. 사건: 실제로 일어난 일

B. 생각: 그 일을 어떻게 해석했는가

C. 감정과 행동: 그 결과 나타난 반응

사례

사건: 수행평가 점수가 기대보다 낮게 나왔다.

생각: "나는 안 되는 애야." "선생님이 나를 싫어하나 봐."

감정/행동: 분노, 무기력, 포기, 공격적 반응

교사 정리 멘트

"사건은 같아도, 생각이 달라지면 감정은 달라진다.

감정은 잘못이 아니라, 이해가 필요한 신호다."

STEP 3. 감정 표현 및 도움 요청

"침묵과 폭력 말고, 말하기"

· 활동 4. 감정 문장 만들기

 기본 공식 : 나는 (감정)하다. 왜냐하면 (이유) 때문이다.

 `예시`

 "너 때문에 짜증 나" → "나는 무시당한 것 같아서 화가 났어."

 "상관없어" → "사실은 서운한데 말하기가 어려웠어."

· 활동 5. 도움 요청 연습

 학생용 문장 예시

 - "선생님, 요즘 ( ) 때문에 힘들어요."

 - "이건 혼자 해결하기 어려워요."

 - "상담을 받아보고 싶어요."

 `교사 정리 멘트`

 도움 요청은 약함이 아니라, 자신을 지키는 선택이다.

■ 교사 관찰 포인트

다음과 같은 반응이 반복될 경우 주의 깊게 관찰한다.

· 감정을 물으면 "모르겠어요"라고만 답하는 학생

　　　　　　　　기술이 아이를 살릴 수 있을까?

· 계속 웃고 있으나 말의 내용이 비어 있는 학생

· "괜찮아요"를 반복하며 시선을 피하는 학생

이 단계는 이후 위험 상황 체크리스트와 연계하여 활용한다.

■ 다음 수업과의 연결

"우리는 오늘 감정을 느끼고, 이해하고, 말로 꺼내는 연습을 했다.

다음 시간에는 말로 표현하기 어려운 감정을

AI를 활용해 정리하고 전달하는 방법을 배워보겠다."

→ 다음 단원: AI 활용 감정 표현·공감 훈련

■ 선생님을 위한 한마디

이 수업의 목표는 아이를 바꾸는 것이 아니다.

아이 곁에 어른이 있다는 사실을 확인시켜 주는 것이다.

해결하려 하지 않아도 된다.

지금 그 마음을 함께 바라봐 주는 것,

그것이 가장 빠른 개입이다.

4

AI 활용
감정 표현·공감 훈련

주제: 감정의 해상도를 높여라(High-Resolution Emotion)

1) AI 도구별 특성 및 활용법(AI Toolkit)

교사는 교실 환경과 수업 목적에 맞춰 가장 적합한 '감정 파트너'를 선택한다.

ChatGPT (대화형 코치)	- 가장 사람 같은 맥락 파악 능력을 가짐. 롤플레잉(Role-Playing)에 강함. - 활용: "네가 내 친구라고 생각하고 내 일기를 들어줘. 기분이 어떨 것 같아?"
Gemini (창의적 분석가)	- 논리적이고 다각적인 분석에 강함. - 활용: "내 감정을 표현할 수 있는 비유적인 단어나 명언을 다섯 개 추천해 줘."

| Perplexity
(팩트 체크 및 정의) | – 감정의 정의와 심리학적 근거를 찾는 데 유용함.
– 활용: "지금 느끼는 이 기분이 '우울'인지 '무기력'인지 심리학적으로 구분해 줘." |
| Wrtn / CLOVA X
(한국형 공감) | – 한국어의 미묘한 뉘앙스와 줄임말(은어) 이해도가 높음.
– 활용: "내가 쓴 '킹받네'라는 말을 어른들도 이해할 수 있는 정중한 표현으로 바꿔 줘." |

2) 수업 흐름(Class Flow): AI와 감정 줄다리기

STEP 1. [Raw Data] 날것의 감정 기록

· 학생들은 평소 사용하는 메신저 말투로, 오늘의 기분을 솔직하게 적는다.

· (학생 입력: "오늘 수행평가 망쳐서 멘붕 옴. 쌤이 점수 깎아서 개열받음.")

STEP 2. [AI Filtering] 도구별 요약 요청(프롬프트 입력)

· 선택한 AI에게 다음과 같이 입력하여 '객관적인 피드백'을 받는다.

· 프롬포트: "위 문장을 생활기록부에 적힐 법한 객관적인 문장으로 바꿔 주고, 작성자의 현재 심리 상태를 세 가지 키워드로 분석해 줘."

STEP 3. [Gap Check] AI의 오해 찾기

· AI의 분석 결과와 내 진짜 마음의 차이를 확인한다.

· (AI 결과: 작성자는 교사에게 반항심을 가지고 있으며, 학업 성취도의 불안감이 높습니다.) (학생 반응: "반항심 아닌데... 그냥 억울한 건데. AI가 나를 나쁜 애로 보네?")

STEP 4. [Refining] 고해상도 감정 표현 배우기

· AI가 오해하지 않도록 '상황-감정-이유'를 넣어 구체적으로 수정한다.

· (수정 입력: "열심히 준비한 수행평가에서 생각보다 점수가 낮게 나와서 속상하고, 노력한 만큼 인정받지 못한 것 같아 억울한 마음이 듭니다.")

STEP 5. [Final Check] 변화된 피드백 확인

· 수정된 글을 다시 AI에게 입력하여 변화를 확인한다.

· (AI 재결과: 작성자는 성취욕구가 강하며, 자신의 부족함을 성찰하고 발전하려는 의지를 보입니다.)

3) 교사 가이드 멘트(Teacher's Script)

자, 다들 화면 켜고 지피티(ChatGPT)나 제미나이(Gemini), 혹은 뤼튼을 열어 보자.

"방금 너희가 평소 친구한테 하듯이 쓴 글, AI한테 보여 줬지? AI가 뭐래? 어떤 친구는 '공격적인 성향'이라고 하고, 어떤 친구는 '불만투성이'라고 분석했을 거야.

기분 나쁘지? 내 마음은 그게 아닌데, AI가 멋대로 판단하니까 억울하지? 그런데 얘들아, AI도 못 알아듣는 말을 화면 너머의 친구가 알아들을 수 있을까? 우리가 평소에 쓰는 '짜증 나', '킹받네' 같은 말들은 너무 납작해서, 너희의 진짜 마음을 다 담지 못해. 그러니까 맨날 오해가 생기고 싸우는 거야.

자, 이제 퍼플렉시티(Perplexity)나 제미나이한테 다시 물어봐. '짜증 난다' 대신 쓸 수 있는 더 정확한 단어가 뭐냐고. 그럼 '서운하다', '비참하다', '막막하다'.... 수십 가지 단어를 알려 줄 거야.

그 단어를 써서 다시 입력해 봐. AI 반응이 어떻게 바뀌었니? 갑자기 너희를 '자기주장이 확실한 사람', '섬세한 사람'이라고 칭찬해 주지?

상황은 똑같아. 바뀐 건 너희의 '표현력' 뿐이야.

오늘의 핵심은 이거다. '감정은 사람이 느끼지만, 표현은 AI보다 더 똑똑하고 구체적으로 해야 한다.'

앞으로 SNS에 글 쓸 때, AI도 이해할 수 있을 만큼 친절하게 너희 마음을 설명해 봐. 그게 악플과 오해로부터 너희 자신을 지키는 최고의 무기란다."

4) 전문가적 제언(Key Insight)

"AI는 정답지가 아니라, 나의 언어 습관을 비추는 거울이다."

· 도구의 한계 인식: AI(지피티, 제미나이 등)는 텍스트 뒤의 '표정'과 '한숨'을 읽지 못한다. 이 수업을 통해 학생들은 "텍스트만으로는 감정이 온전히 전달되지 않는다"라는 디지털 소통의 본질적인 한계를 깨닫게 된다.

· 감정의 주권: AI에게 "나 위로해 줘"라고 의존하는 것이 아니라, AI를 '내 마음을 정확히 전달하기 위한 번역기'로 주체적으로 활용하는 법을 가르쳐야 한다.

5

위험 상황
체크 리스트(교사용)

"아이들이 보내는 무언의 구조 신호(SOS)를 놓치지 마세요."

이 체크 리스트는 학생의 자살 위기 및 고위험 징후를 조기에 발견하기 위한 도구입니다.

최근 2주 이내의 변화를 기준으로 체크해 주십시오.

1) 정서 및 표정 - 감정의 기온 차

가장 먼저 눈에 띄는 것은 '표정'과 '분위기'의 급격한 변화입니다.

☐ 갑작스러운 무기력: 수업 시간에 엎드려 있는 시간이 눈에 띄게 늘었다.

기술이 아이를 살릴 수 있을까?

☐ 감정 기복: 평소 얌전하던 아이가 갑자기 화를 내거나 공격적인 태도를 보인다.

☐ 무표정/반응 없음: 농담이나 즐거운 상황에서도 표정 변화가 없고 멍해 보인다.

☐ 극도의 불안: 다리를 심하게 떨거나 손톱을 물어뜯는 등 초조한 모습을 보인다.

☐ 죄책감 호소: "다 제 잘못이에요", "죄송합니다"라는 말을 습관적으로 반복한다.

2) 행동 및 습관 – 몸이 보내는 신호

일상생활의 루틴이 깨지는 것이 핵심 징후입니다.

☐ 신변 정리(중요): 아끼던 물건이나 게임 계정, 아이템을 친구들에게 나눠 준다.

☐ 외모 관리 소홀: 씻지 않거나 며칠째 같은 옷을 입는 등 위생 상태가 나빠졌다.

☐ 식사 패턴 변화: 급식을 먹지 않거나, 반대로 갑자기 폭식을 한다.

☐ 수면 문제: 수업 시간에 계속 졸거나, 밤새 잠을 못 잔 듯 눈이 충혈되어 있다.

☐ 자해 흔적: 날씨와 상관없이 긴팔, 긴바지를 고집하거나 손목/허벅지에 상처가 보인다.

☐ 위험 행동: 흡연, 음주량이 늘거나 오토바이 폭주 등 위험한 행동에 몰입한다.

3) 관계 및 소통 - 단절과 고립

세상과의 연결 고리를 스스로 끊어내는 단계입니다.

□ 관계 철수: 친했던 무리와 떨어져 혼자 밥을 먹거나 이동한다.

□ 등교 거부: 뚜렷한 이유 없이 지각, 조퇴, 결석이 잦아진다.

□ 연락 두절: 교사나 부모의 연락을 피하고 전화를 받지 않는다.

□ 대화 단절: 질문을 해도 단답형으로 일관하거나 시선을 마주치지 않는다.

4) 언어 및 인지 - 말 속에 숨은 가시

부정적인 자기 인식과 죽음에 대한 암시가 나타납니다.

□ 자기 비하: "나는 쓸모없어", "나만 없으면 돼", "이번 생은 망했어"

□ 죽음 언급: "잠들면 안 깨어났으면 좋겠다", "죽으면 편할까?" 등 죽음을 동경한다.

□ 사후 세계 관심: 자살 방법, 사후 세계 등에 관해 묻거나 검색한다.

□ 작문 / 그림: 글짓기나 미술 시간에 어둡고 기괴한 내용, 죽음을 암시하는 표현을 한다.

5) 디지털/SNS - 온라인 구조 신호(핵심)

오프라인보다 온라인에서 먼저 티를 내는 경우가 많습니다.

□ 프로필 초기화: 카카오톡/SNS 프로필 사진을 검은색이나 '기본'으로 바꾸고 상태 메시지를 삭제한다(디지털 흔적 지우기).

☐ 비관적 게시글: SNS에 우울한 음악, 피 사진, 자해 암시 글을 올린다.

☐ SNS 활동 급변: 갑자기 모든 게시물을 비공개로 돌리거나, 반대로 새벽까지 과도하게 접속한다.

☐ 오픈 채팅방 활동: '우울계', '자해계' 등 익명 채팅방에서 활동하는 정황이 포착된다.

위험도 판정 및 조치 가이드

위험 수준	체크 항목 수	교사 행동 수칙 (Action Protocol)
관심군 (Warning)	세 개 이상	[관찰] 즉각적인 개입보다는, 학생을 주의 깊게 살피고 대화 횟수를 늘려 '라포(Rapport)'를 형성하십시오.
위험군 (Danger)	다섯 개 이상	[상담] 위클래스(Wee Class) 상담 교사에게 의뢰하고, 학부모에게 연락하여 가정 내 상황을 확인하십시오.
고위험군 (Emergency)	자해/자살 언급	[즉시 개입] 혼자 두지 마십시오. 즉시 관리자(교감/교장)에게 보고하고 전문 기관(112, 129) 및 보호자에게 인계해야 합니다.

■ 교사가 기억해야 할 단 하나의 원칙

"물어보는 것을 두려워하지 마십시오."

많은 선생님이 "혹시 자살에 관해 물어봤다가, 아이가 충동을 느낄까 봐"라고 걱정합니다. 하지만 정택수 센터장과 같은 전문가들은 말합니다. "직접적으로 물어봐 주는 것이야말로, 아이가 자신의 고통을 털어놓을 수 있는 유일한 기회입니다."

"혹시, 지금 많이 힘드니? 자살생각을 하고 있는 건 아니니?" 이 한 마디가 아이를 살립니다.

6

자살 징후 발견 시
교사가 해야 할 즉각 조치

■ 골든 타임 행동 수칙(Golden Time Protocol)

대원칙

'설마?'라고 하는 순간이 개입해야 할 타이밍입니다.

의심되면 주저하지 말고 즉시 움직이십시오. 과잉 대응이 늑장 대응보다 백번 낫습니다.

STEP 1. 감지 - 기록하고 확보하라

· Action: 막연한 느낌을 팩트(Fact)로 남기십시오.

· Check: 학생의 달라진 표정, SNS 게시글, 친구들의 제보 내용을 날짜/시간별로 메모해 두십시오. 상담의 결정적 근거가 됩니다.

STEP 2. 질문 – 돌려 말하지 말고 직구로 물어보라

· Action: 자살이라는 단어를 입 밖으로 꺼내는 것을 두려워하지 마십시오.

· Script: "선생님은 네가 정말 걱정돼서 그래. 혹시 죽고 싶다는 생각을 구체적으로 해 본 적 있니?"

· Key Point: 직접적으로 물어보는 것은 자살 충동을 부추기는 게 아니라, '내 고통을 알아주는 사람이 있다'는 안도감을 줍니다.

STEP 3. 안전 – 1초도 혼자 두지 마라(가장 중요)

· Action: 고위험군으로 판단되는 즉시, 모든 업무를 중단하고 학생 옆을 지키십시오.

· Do Not:

  - "잠깐 화장실 다녀와"(X) → 동행하거나 문 앞에서 대기.

  - "교실 가서 짐 챙겨와"(X) → 다른 학생 시키거나 직접 동행.

  - "일단 집에 가 있어"(X) → 보호자 인계 전까지 절대 하교 금지.

STEP 4. 연계 – 전문가에게 '바통'을 넘겨라

· Action: 교사 혼자 해결하려 하지 마십시오. 즉시 전문가를 호출하십시오.

· Network:

  - 교내: 위클래스(Wee Class) 상담 교사, 보건 교사 호출

  - 보호자: 상황을 가감 없이 전달하고 내교 요청(비난 금지)

  - 외부: 112(경찰), 1393, 109(자살예방 상담전화), 지역 정신건강복지센터

 기술이 아이를 살릴 수 있을까?

STEP 5. [모니터링] 끝날 때까지 끝난 게 아니다

· Action: 위기를 넘겼다고 안심하지 마십시오. 상담이 시작되어도 교사
  의 따뜻한 눈길은 계속되어야 합니다.

· Follow-up:

  - 하루 1회 감정 상태 체크(눈 맞춤, 인사)

  - 상담 교사 / 학부모와 핫라인 유지

선생님을 위한 한마디

"학생의 생명을 구하는 것은 전문 상담 기술이 아니라, 선생님의 '관
심'과 '질문하는 용기'입니다. 혼자 짐을 지려 하지 마시고, 시스템과 동
료를 믿고 함께 대응하십시오."

7

학부모와의
소통 포인트

"방어가 아닌 협력을 이끌어 내는 기술"

학부모는 자녀의 문제 행동을 들으면 무의식적으로 "내가 아이를 잘못 키웠다는 건가?"라는 죄책감을 느끼고 방어적인 태도("집에서는 안 그래요")를 취합니다. 교사의 목표는, 부모의 잘못을 따지는 것이 아니라, 가정을 '치유의 파트너'로 만드는 것입니다.

1) 접근 원칙 – 죄책감 버튼을 누르지 마라

부모를 비난하는 순간, 소통은 끝납니다. '과거의 원인'이 아니라 '현재의 상태'와 '미래의 해결'에 집중하십시오.

· X (비난형): "어머니, 아이가 학교에서 왜 이렇게 산만하죠? 집에서 지도

를 어떻게 하시는 건가요?"

→ 부모 반응: "학교에서는 선생님이 지도하셔야죠."(반발)

· (관찰형): "어머니, 최근 OO이가 수업 시간에 자주 엎드려 있고 힘이 없어 보입니다. 가장 가까이 계신 어머님이 보시기엔 요즘 집에서 OO이의 컨디션이 어때 보이나요?"

→ 부모 반응: "아, 선생님도 느끼셨나요? 사실 집에서도...."(공감)

2) 설득 논리 – 성적보다 '정서적 연료'가 먼저다

학부모의 관심사는 성적일 수 있습니다. 학습 부진의 원인을 '정서적 에너지 고갈'로 설명하여 심리 지원의 필요성을 납득시키십시오.

· 멘트 예시: "어머니, 자동차에 기름이 없으면 아무리 가속 페달을 밟아도 나가시 않습니다. 지금 OO이는 학습 의지가 없는 게 아니라, 마음의 연료(정서적 에너지)가 바닥난 상태입니다. 지금은 공부를 다그치기보다, 우선 배터리를 충전해 줘야 나중에 성적도 오를 수 있습니다."

3) 가정 내 처방 – 구체적인 행동 가이드(Home Care Recipe)

"잘 좀 챙겨주세요"라는 막연한 말 대신, 의사가 약을 처방하듯 구체적인 행동 수칙을 주십시오.

① 수면이 곧 치료다:

→ "밤 11시 이후에는 뇌가 쉴 수 있게 해 주세요. 수면 부족은 아이를 더 예민하고 충동적으로 만듭니다."

② 디지털 다이어트(구조화):

→ "스마트폰을 뺏는 게 아니라, '사용 규칙'을 정해야 합니다. 잠잘 때만큼
은 스마트폰을 거실에 두고 방에 들어가는 것부터 시작해 주십시오."

③ 하루 10분 '판단 없는' 대화:

→ "하루에 딱 10분만 아이 말에 토 달지 않고(평가하지 않고) 들어주세요.
'그랬구나', '힘들었겠네'라는 추임새만으로도 아이는 숨통이 트입니다."

4) 협력 메시지 – 우리는 '한 팀'

상담의 마무리는 반드시 교사와 학부모가 공동 운명체임을 강조해
야 합니다.

"어머니, 학교에서도 제가 OO이를 유심히 살피고 돕겠습니다. 하
지만 저 혼자 힘으로는 부족합니다. 가정에서 어머니의 사랑과 학
교에서 저의 관심이 합쳐져야 OO이가 빠르게 회복할 수 있습니다.
오늘 이렇게 시간 내어 의논해 주셔서 정말 감사합니다. 앞으로도
자주 소통해요."

교사를 위한 핵심 팁(Tip)

· 가정통신문보다 전화 한 통: 위기 징후가 보이면 문자로 보내지 말고, 목
소리로 톤(Tone)을 전달하십시오. 교사의 '진심 어린 걱정'이 느껴져야
부모도 움직입니다.

· 전문가 권위에 기대기: 부모가 심각성을 인지하지 못할 때는 교사의 의
견이 아니라 "심리 전문가들의 소견에 따르면~"이라는 화법을 사용하여

 기술이 아이를 살릴 수 있을까?

객관성을 확보하십시오.

제7장 결론: "기술보다 먼저 사람, 사람보다 먼저 정서"

우리는 지금 인공지능(AI)과 메타버스가 교실의 풍경을 바꾸는 대전환의 시기를 지나고 있다. 하지만 역설적이게도, 기술이 화려해질수록 아이들의 마음은 더 고립되고 빈곤해지고 있다.

본 장에서 제시한 **디지털 윤리 - XR 생명 존중 - AI 감정 코칭**의 실전 수업안들은 하나의 철학을 향해 있다. 바로 '아이들의 무너진 정서를 다시 세우는 것'이다.

1) 정서가 무너지면, 교실도 무너진다.

아이들은 지금 알고리즘의 파도 속에서 정체성을 잃고 흔들리고 있다. 마음이 다친 아이에게 지식을 주입하는 것은 깨진 항아리에 물을 붓는 것과 같다. '정서적 안정감'이 확보되지 않은 상태에서 학습은 불가능하다. 우리가 아이들의 마음부터 챙겨야 하는 이유가 여기에 있다.

2) 위험 신호는 '침묵' 속에 있다.

아이들이 보내는 구조 신호(SOS)는 요란하지 않다. 엎드려 있는 뒷모습, 갑자기 바뀐 프로필 사진, 사라진 웃음처럼 아주 작고 조용하게 나타난다. 그 작은 떨림을 감지하고 손을 잡아 줄 수 있는 존재는 최첨단 AI가 아니라, 아이들의 눈을 바라보는 '선생님'뿐이다.

3) XR과 AI는 '마음'을 여는 새로운 열쇠이다.

우리가 이 장에서 XR과 AI를 활용한 이유는 기술을 가르치기 위함이 아니다.

XR(확장 현실)은 아이들이 타인의 아픔을 머리가 아닌 '가슴'으로 느끼게 하는 공감의 도구이다.

AI(인공지능)는 자신의 감정을 언어로 표현하지 못해 답답해하는 아이들에게 표현의 언어를 찾아주는 도구이다. 기술은 차갑지만, 그것이 교사의 뜨거운 교육 철학과 만날 때 아이들의 마음을 여는 가장 강력한 무기가 된다.

"선생님은 지식 전달자가 아니라, 생명 보호자입니다."

지식은 AI가 더 잘 가르칠 수도 있다. 하지만 상처받은 아이의 마음을 어루만지고, 절벽 끝에 선 아이를 단단히 붙잡아 주는 일은 오직 사람(Teacher)만이 할 수 있다.

화면은 차갑지만, 그 뒤에는 언제나 뜨거운 심장이 뛰고 있다는 사실.
이 수업안이 그 뜨거운 심장을 지키는 단단한 방패가 되기를 바라는 마음이다.

    기술이 아이를 살릴 수 있을까?

나를 지키고, 타인을 살리는 활동(학생용 활동지)

활동 1. [감정 날씨] 나의 오늘 감정은?

Q. 오늘 내 마음의 날씨를 가장 잘 표현하는 단어를 고르고, 그 이유를 짧게 적어 보세요.

☐ 기쁨(맑음) ☐ 슬픔(비) ☐ 걱정(흐림) ☐ 분노(천둥 번개)

☐ 무기력(안개) ☐ 공허(바람)

선택한 이유: (____)

활동 2. [상황 판단] 온라인도 현실이다.

Q. 다음과 같은 상황이 닥친다면, 나는 어떻게 행동할까요? 솔직하게 적어 봅시다.

상황 ①: 친한 친구가 단톡방에서 여러 명에게 조롱을 당하고 있다.

나의 대응: (____)

상황 ②: SNS에서 누군가 나에게 불쾌한 사진이나 욕설 메시지를 보냈다.

나의 대응: (____)

상황 ③: 평소 밝던 친구가 갑자기 "나 요즘 너무 힘들어, 그만하고 싶어"라고 말한다.

나의 대응: (____)

활동 3. [XR 체험] 가상에서 느낀 현실의 무게

Q. 오늘 XR 체험(승마, 레이싱, 구조)을 통해 몸으로 느낀 감각과 감정을 기록합니다.

오늘 느낀 감정 세 가지:

(________________________________)

(________________________________)

(________________________________)

Q. 가장 강렬했던 순간은? (예: 불 속에서 아이를 업었을 때, 말이 내 손길에 반응했을 때)

(____)

Q. 그때 든 생각은?

(____)

활동 4. [소통 연습] 용기 내어 말하기

Q. 힘들 때 혼자 끙끙 앓는 것은 용기가 아닙니다. 말하는 것이 진짜 용기입니다. 빈칸을 채워 완성해 보세요.

· 선생님께 도움 요청하기: "선생님, 저 요즘 (________________) 때문에 밤에 잠도 잘 안 오고 힘들어요. 상담을 좀 받고 싶어요."

· 힘든 친구에게 위로 건네기: "OO아, 네가 요즘 (________________)
보여서 걱정했어. 내가 뭐 해 줄 수 있는 건 없지만, 네 이야기를 들어줄
수는 있어."

활동 5. [미래 상상] 나의 디지털 발자국

Q. 인터넷은 거대한 복사기입니다. 10년 뒤, 내가 꿈꾸던 대학이나 회사 면
접관이 나의 이름을 검색해 본다면 어떤 기록이 뜨길 바라나요?

[검색창: 내 이름(___________)]

남기고 싶은 명예로운 기록

예: 봉사활동 사진, 친구를 칭찬한 선플, 성실하게 수행한 과제물

☞ ____

☞ ____

절대 남기고 싶지 않은 흑역사

예: 친구를 비방한 욕설, 허락 없이 올린 타인의 사진

☞ ____

☞ ____

6. [생명 지킴이] 골든 타임 톡(Talk)

Q. 밤 11시, 친구의 프로필 사진이 검은색으로 바뀌고 상태 메시지에 '사라
지고 싶다'고 적혀 있습니다. 이 친구에게 보낼 첫 카톡 메시지를 적어
보세요.

[카카오톡 보내기] (수신인: 소중한 친구)

☞ ____

☞ ____

Tip: "무슨 일이야?", "힘내" 이것보다는 "오늘 많이 힘들었구나, 내가 들어 줄게"가
더 좋아요

기술이 아이를 살릴 수 있을까?

당신의 생각이면 충분합니다.

이 장은 단순한 학습지가 아니다. 아이들이 디지털 세상 속에서 자신의 감정(Emotion), 습관(Habit), 관계(Relation)를 스스로 진단하고 처방하는 '마음 성장 보고서'이다. 수업, 상담, XR 체험 직후 바로 뜯어서 사용할 수 있도록 독립적인 모듈로 구성되었다.

"기록하는 아이는 무너지지 않는다."

아동·청소년용 활동지 & 자기 성찰 워크북

정서·디지털·생명 존중을 직접 느끼고 기록하는 체험형 활동

디지털 습관
자가 진단

디지털 습관 정밀 진단 워크북

주제: 로그아웃, 나를 만나는 시간

단순히 사용 시간을 묻는 것이 아니라, 스마트폰 사용에 숨겨진 '결핍'을 탐색한다

활동 1. 나의 '디지털 영양 상태' 점검표

Q. 나의 하루 스마트폰 섭취량은?(스크린 타임 확인)

☐ 간식 수준(1시간 이하)　☐ 적당한 식사(1~3시간)

☐ 과식 상태(3~5시간)　☐ 위험한 폭식(5시간 이상 - 뇌의 휴식이 시급함)

Q. 내가 스마트폰을 켜는 '진짜 이유'는 무엇인가?

솔직하게 선택한다. 정답은 없다

☐ 심심해서(지루함을 못 견딤)

기술이 아이를 살릴 수 있을까?

☐ 친구들 연락을 놓칠까 봐 불안해서(소외 공포)

☐ 현실의 공부나 숙제를 잊고 싶어서(회피)

☐ 그냥 습관적으로(무의식)

☐ 좋아요 / 댓글 반응이 궁금해서(인정 욕구)

Q. 스마트폰을 할 때 내 마음의 날씨는?

가장 자주 느끼는 감정 두 가지를 선택한다

☐ 맑음(즐거움, 유익함)   ☐ 흐림(남과 비교됨, 질투, 부러움)

☐ 비(하고 나면 후회됨, 눈 아픔, 시간 낭비한 느낌)

☐ 천둥(악플이나 싸움 때문에 화가 남)

Q. [디지털 기회비용] 오늘 스마트폰 때문에 놓친 소중한 것 한 가지

"내가 액정을 들여다보는 동안, 내 곁에서 사라진 것은?"

(예: 가족과의 저녁 대화, 강아지 산책, 꿀잠)

____

2

감정
체크 리스트

감정 해상도 높이기(Emotional Granularity)
주제: 내 마음의 모양을 찾아서
뭉뚱그려진 감정을 구체적인 언어로 정의하여, 감정 조절 능력을 키우는 훈련이다

활동 2. 감정의 온도계 & 팔레트

Step 1 지금 내 마음의 색깔 찾기

단순한 기쁨 / 슬픔을 넘어 구체적인 색을 찾아 체크한다

빨강 계열: □ 분노　□ 억울함　□ 답답함

파랑 계열: □ 슬픔　□ 우울　□ 무기력

노랑 계열: □ 기쁨　□ 설렘　□ 뿌듯함

보라 계열: □ 불안　□ 긴장　□ 초조함

회색 계열: □ 귀찮음　□ 공허함　□ 멍함

`Step 2` 감정 온도계(0℃ ~ 100℃) 지금 내 마음의 에너지는 몇 도인가? 온도계에 표시한다. (차가움 / 방전 0 .... 50 .... 100 뜨거움 / 충전)

[나의 온도: ___________ ℃]

`Step 3` 나만의 '감정 응급 처치 키트' 만들기

마음이 힘들거나 화가 날 때, 나를 진정시켜 주는 행동 세 가지를 처방한다.

(예: 찬물 마시기, 이어폰 꽂고 노래 듣기, 인형 안고 있기)

약 1: ____

약 2: ____

약 3: ____

3

생명 존중
그림·글쓰기 워크지

생명 존중 아카이브(Picture & Essay)

주제: 작지만 위대한 영웅들

거창한 구호가 아니라, 일상 속 작은 배려가 곧 생명 존중임을 깨닫게 한다

활동 3. 내가 본 '생명 지킴이'의 순간

Q. 직접 보았거나 미디어에서 본 '생명을 지킨 순간'을 그린다.

(예: 비 오는 날 고양이에게 우산을 씌워 준 사람, 넘어진 친구를 일으켜 준 손)

Q. 짧은 글짓기: 정의 내리기

"내가 생각하는 생명 존중이란 [_________________]이다."

왜냐하면, _____________________이기 때문이다.

Q. 나에게 힘이 되어 준 '단 한 사람' 내가 힘들 때 나를 버티게 해 준 사람
　(또는 반려동물, 물건)은 누구인가?

　이름: _________________

　그에게 하고 싶은 말: ________________________________

그림 그리기 공간(My Sketch) (넉넉한 공백 제공)

4

XR 체험 후
감정·생각 정리 활동

XR 체험 로그북(XR Logbook)

주제: 가상의 경험, 현실의 변화

엘콤XR 콘텐츠 체험 직후 작성하는 핵심 성찰지이다

활동 4. 가상 현실에서 가져온 선물

Mission 1 감각(Sense) 기억하기 XR 체험 중 가장 생생하게 느꼈던 감각은 무엇인가?

☐ 말의 따뜻한 털 느낌(촉각) ☐ 화재 현장의 긴박한 소리(청각)

☐ 친구를 업었을 때의 묵직한 무게(무게감)

☐ 레이싱을 할 때의 심장 박동(떨림)

기술이 아이를 살릴 수 있을까?

Mission 2 결정적 순간(The Moment)

"가장 기억에 남는 장면은 ______________________이다."

그 장면에서 나는 [미안함 / 뿌듯함 / 두려움 / 용기]를 느꼈다.

Mission 3 [심화] XR 승마 & 교감 리포트 말과 호흡을 맞출 때, 내 마음가짐은 어땠는가?

☐ 내 마음대로 조종하려고 했다.(통제)

☐ 말이 놀라지 않게 기다려 주었다.(배려)

☐ 말과 내가 하나가 된 느낌이었다.(교감)

Mission 4 현실 적용(Action Plan)

Q. 오늘 가상 현실에서 배운 [배려 / 생명 존중 / 올바른 판단]을 현실에서 어떻게 실천할 것인가?

"오늘 집에 가면 ______________________을/를 하겠다."

5

또래 관계
공감 훈련 활동지

주제: 마음의 소리를 듣는 귀

친구의 말 뒤에 숨겨진 진짜 감정(Subtext)을 읽어 내는 연습이다

활동 5. 친구 마음 번역기

Level 1 숨은 뜻 찾기 다음 말 뒤에 숨겨진 친구의 진짜 속마음은 무엇인가?

🗣 "아, 됐어. 나 혼자 할게."

> ▶ 번역: (예: 나 지금 서운해. 제발 내 마음 좀 알아줘)

🗣 "나 요즘 진짜 아무것도 하기 싫다."

> ▶ 번역: (예: 너무 지쳤어. 누가 나 좀 쉬게 도와줘)

🗣 "걔는 참 좋겠다. 부럽네."

> ▶ 번역: (예: 나는 왜 안 될까? 나 자신이 초라하게 느껴져)

 기술이 아이를 살릴 수 있을까?

 따뜻한 말 한마디(쿠션 언어)

차가운 직설 화법 대신, 마음을 감싸 주는 쿠션 언어를 연습한다.

· X "야, 너 왜 그것밖에 못 해?"

→ "이번엔 좀 아쉽지만, 다음엔 더 잘할 수 있을 거야. 내가 도와줄까?"

· X "그게 뭐가 힘들어? 나도 다 했어."

"____"

Level 3 **나의 관계 우주(Friendship Map)** 지금 내 주변의 사람들을 원 안에 배치한다.

가운데 '나'를 중심으로 가까운 사람은 안쪽에, 먼 사람은 바깥쪽에 배치한다

· 핵심 관계: 나에게 비타민 같은 친구 "_____________________________"

· 노력 관계: 조금 어색하지만 친해지고 싶은 친구 "_________________"

· 거리두기: 나를 힘들게 해서 잠시 멀리해야 할 친구 "_____________"

6

나의 위기 상황
대처 계획 세우기

위기 대처: 나를 지키는 SOS 키트

주제: 무너지지 않는 나를 위하여

위기 상황에서 조건반사적으로 꺼낼 수 있는 구체적인 매뉴얼이다

활동 6. 마이 세이프티 플랜(My Safety Plan)

Signal 1 내 마음의 빨간불 신호 내가 위험하다는 걸 몸이 먼저 알려 준다.

나에게 나타나는 신호는?

☐ 잠이 안 온다 / 너무 많이 잔다.　☐ 밥맛이 없거나 / 폭식한다.

☐ 죽고 싶다는 생각이 든다.　☐ 갑자기 눈물이 난다.

☐ 모든 연락을 끊고 싶다.

기술이 아이를 살릴 수 있을까?

`Action 2` 나를 살리는 3단계 행동 수칙 내가 힘들 때, 이 순서대로 행동하기로 약속한다.

   `STEP 1` (즉시 멈춤): 하던 일(SNS, 게임, 공부)을 멈추고 심호흡을 세 번 한다.

   `STEP 2` (환기): 내가 좋아하는 것(음악, 산책, 멍때리기)을 하며 뇌를 식힌다.

   내가 좋아하는 것: _______________________________________

   `STEP 3` (연결): 나를 도와줄 '생명 어벤저스'에게 연락한다.

`Contact 3` 나의 생명 어벤저스

(연락처) (반드시 세 명 이상 적는다. 이 사람들은 언제든 내 편이다)

· 가족 : _______________________________________

· 친구 : _______________________________________

· 선생님 / 전문가 : _______________________________________

기억하세요! 상담 전화 1388, 1393, 109은 24시간 열려 있습니다이 워크북의 빈칸을 채우는 과정은, 단순히 글씨를 쓰는 시간이 아니다. 아이들이 자신의 감정을 들여다보고(Insight), 디지털 세상에서 중심을 잡고(Balance), 타인의 생명에 공감하는(Empathy) 힘을 기르는 훈련이다.

정서적 회복은 누군가 가르쳐 주는 지식이 아니라, 아이 스스로 느끼고, 생각하고, 기록하는 경험 속에서 완성된다. 이 얇은 활동지 한 장이, 위기의 순간 아이를 붙잡아 주는 단단한 닻이 되기를 바란다.

여기에는 정답이 필요 없습니다.

당신의 생각이면 충분합니다.

기록하는 순간, 이미 시작된 것입니다.

"기술이 중심이던 교육이 '사람과 생명'을 향해 이동하는 시대"

4차 산업혁명과 AI 시대의 도래는 역설적으로 교육의 빈틈을 드러낸다. 기계가 똑똑해질수록 아이들의 마음은 가난해지고 있다. 과거의 교육이 지식 전달과 기술 습득(Skill)에 초점을 맞췄다면, 미래의 교육은 정서(Emotion)·관계(Relation)·생명(Life)을 중심으로 새롭게 재편될 것이다.

특히 XR(확장 현실)과 AI는 단순한 '실감형 교구'를 넘어, 아이들의 닫힌 감정을 열고 생명의 무게를 체감하게 하는 '치유의 도구'로 확장되고 있다.

본 장에서는 한국자살예방센터 정택수 센터장의 생명 존중 철학을 바탕으로, 엘콤XR이 열어 갈 10년 후의 미래 교육을 전망한다.

9장

미래 교육의 축 이동:
기술은 생명으로 확장된다

1

기술 중심 교육에서
감정 중심 교육으로

"기술이 아무리 앞서도, 인간의 감정이 뒤처지면 사회 전체가 흔들린다."

지금까지의 에듀테크(Edu-Tech)는 기술 자체에 매몰되어 있었다.

· 코딩을 배우면 미래가 보장된다는 믿음
· 최신 기기 도입이 곧 혁신이라는 착각
· 경쟁 중심의 STEM(과학·기술·공학·수학) 학습 구조

하지만 현장의 현실은 어떠한가? 기술은 화려해졌지만, 아이들은 더 깊은 그늘 속으로 숨어들었다. 우울증, 공허감, SNS 비교로 말미암은 박탈감, 그리고 기술 과몰입 때문에 감정 둔화가 심화되고 있다.

                          기술이 아이를 살릴 수 있을까?

미래 교육의 대전환: [감정 → 관계 → 생명 → 기술] 앞으로의 교육 순서는 완전히 뒤바뀔 것이다.

· 감정의 회복: 내 마음을 들여다보는 힘
· 관계의 회복: 타인과 연결되는 힘
· 생명 존중: 나와 타인의 존재 가치를 깨닫는 힘
· 기술 활용: 그 힘을 선한 영향력으로 확장하는 기술

즉, 기술은 목적이 아니라 사람을 지키기 위한 가장 강력한 수단으로 재정의된다.

2

AI 시대에
더 필요한 인간성

AI는 인류보다 더 많은 지식을 기억하고, 더 빠르게 분석할 것이다. 하지만 정택수 센터장님이 늘 강조하시듯, "사람을 살리는 것은 뛰어난 알고리즘이 아니라 따뜻한 관심"이다.

이것이 AI가 절대 대체할 수 없는 인간의 고유 영역임은 틀림없는 사실이다.

■ AI 시대, 생존을 위한 다섯 가지 필수 역량

① 공감 능력(Empathy): 타인의 고통을 데이터가 아닌 '아픔'으로 느끼는 능력

② 도덕적 판단(Ethics): 이익보다 옳음을 선택하는 용기

　　　　　　　　　　　　　기술이 아이를 살릴 수 있을까?

③ 생명 감수성(Sensitivity): 작은 생명도 귀하게 여기는 태도

④ 치유적 소통(Healing): 말 한마디로 사람을 살리는 언어 능력

⑤ 회복 탄력성(Resilience): 실패와 상처를 딛고 일어서는 힘

기술이 고도화될수록 아이들은 더 빠른 속도로 고립될 것이다.

이때 필요한 것은 더 많은 코딩 교육이 아니라, '사람을 이해하고 사랑하는 교육'이다.

3

생명 존중과
디지털 윤리의 미래

"디지털 공간은 제2의 현실, 그곳에도 생명이 산다."

미래 사회의 윤리는 "악플 달지 마라"라고 하는 수준의 규칙을 넘어선다. 정택수 센터장의 이론에 따르면, '현실의 생명 존중 사상이 디지털 공간으로 그대로 확장되어야 한다'라고 말한다.

■ 미래형 디지털 생명 윤리(Digital Life Ethics)

① 생명 불침해 원칙: 기술이 인간의 존엄과 생명을 위협해서는 안 된다.
② 디지털 인격권 존중: 화면 너머의 상대를 '데이터'가 아닌 '인격체'
　로 대우한다.

　　　　　　　　　　　기술이 아이를 살릴 수 있을까?

③ 생명 지킴이(Gate Keeper)의 확장: 현실뿐만 아니라 온라인 공간
  에서도 위기 신호를 감지하고 돕는다.
④ 알고리즘 주권: 자극적인 알고리즘에 끌려다니지 않고, 주체적으로
  판단한다.

즉, 미래의 윤리는 **기술 윤리** + **정서 윤리** + **생명 윤리**가 하나로 결합
된 통합 윤리이다.

4

XR·AI를 기반으로 한
정서 교육의 10년 후

"단순한 체험을 넘어, 마음을 치료하는 '디지털 처방전(Digital Therapeutics)'으로."

지금의 XR 교육이 '신기한 체험'과 '흥미 유발'에 머물러 있다면, 10년 후의 XR·AI는 아이들의 무너진 멘탈을 회복시키는 가장 정교한 심리 치료 시스템으로 진화할 것이다.

1) 기술 로드맵: 엘콤XR이 주도하는 3단계 발전 전략
　기술의 발전 단계와 교육적 적용 목표를 다음과 같이 정의한다.

　　　　　　　　　　　　　　기술이 아이를 살릴 수 있을까?

단계	시기	핵심 키워드	교육 및 기술의 변화 (Evolution)
1단계	현재	체험 & 공감 (Experience)	· 시각/청각 중심:HMD를 착용하고 가상 상황(화재, 승마)을 시각과 청각 위주로 체험한다. · 목적:학생들의 흥미를 유발하고 기본적인 안전 및 윤리 의식을 고취한다. · 한계: 개인별 정밀한 감정 분석에는 한계가 있다.
2단계	3~5년 후	데이터 & 진단 (Diagnosis)	· 생체 신호 분석: 체험 도중 학생의 동공 움직임(시선), 맥박, 손의 떨림을 센서가 실시간으로 감지한다. · 기능: "해당 학생은 특정 상황에서 과도한 불안을 보임"과 같은 정서 리포트를 자동 생성한다. · 역할: 정서적 위기 학생을 조기에 선별(Screening)하는 도구로 활용된다.
3단계	10년 후	치유 & 처방 (Therapy)	· 디지털 치료제: AI가 학생의 심리 상태에 맞춰 콘텐츠의 내용을 실시간으로 변경한다. · 통합 솔루션: 교실 자체가 거대한 상담센터 기능을 수행하며, XR과 AI가 아이들의 '정서적 주치의' 역할을 수행한다.

2) 미래 시나리오: 2035년, 교실의 하루

"보이지 않는 마음을 기술이 읽어 낸다."

[AM 08:30] 등교 및 감정 스캐닝

중학교 2학년 민수는 교실에 들어서며 스마트 미러(Smart Mirror)를 바라본다. 거울 속 AI는 민수의 미세한 표정 변화와 목소리 톤을 분석하여 '오늘의 감정 날씨: 흐림(우울 지수 주의)'라고 진단한다. 이 데이터는 즉시 담임 교사와 상담 교사의 태블릿으로 전송되어 사전 개입을 돕는다.

[AM 10:00] 도덕 시간: XR 공감 훈련

학교 폭력 예방 수업 시간, 민수는 교과서 대신 엘콤XR 글라스를 착용한다. 가상 현실 속에서 민수는 '따돌림 피해자'의 시점을 체험한다. 3D 사운드로 들려오는 비웃음 소리와 컨트롤러의 진동을 통해, 피해자가 겪는 공포를 머리가 아닌 '몸'으로 체감하며 방관하지 않겠다는 윤리적 다짐을 하게 된다.

[PM 02:00] 특별 활동: 생명 존중 승마 테라피

점심시간, 민수는 교내에 설치된 XR 승마 시뮬레이터에 오른다. '치유의 숲' 코스를 선택하자 말의 따뜻한 체온(Haptic Heat)이 전달된다. 민수가 호흡을 천천히 하면 화면 속 말도 걸음을 늦추며 반응한다. 이 상호 작용을 통해 민수의 불안했던 맥박 수치가 정상 범위로 회복된다.

[PM 04:30] AI 상담 리포트 하교 후

민수의 스마트폰으로 '오늘의 감정 일기'가 전송된다. "민수야, 아침에는 기분이 저조해 보였는데 승마 체험 후 훨씬 안정되었어. 오늘 하루도 잘 버텨줘서 고마워." AI의 개인화된 피드백이 학생의 정서를 위로한다.

3) 핵심 기술: 엘콤XR의 '하이터치(High-Touch)' 솔루션

10년 후의 미래 교실을 구현하기 위해 다음 세 가지 핵심 기술 개발에 집중한다.

· 감정 컴퓨팅(Affective Computing): 텍스트나 명령어가 아닌, 사람의 표정, 음성, 생체 신호를 인식하여 감정 상태를 데이터화하는 기술이다.

기술이 아이를 살릴 수 있을까?

· 적응형 콘텐츠 생성(Adaptive Content Generation): 학생의 심리 상태를 반영하여 시나리오를 실시간으로 변경하는 기술이다.(예: 우울감이 감지되면 밝은 배경과 격려하는 캐릭터를 등장시킴)

· 디지털 페르소나(Digital Persona): 전문 상담가의 노하우를 학습한 AI 상담 아바타가 학생들과 친구처럼 대화하며 24시간 정서적 지원을 제공하는 기술이다.

4) 전문가 제언: 기술은 따뜻해야 한다

"많은 사람이 미래에는 AI가 교사를 대체할 것이라 우려한다. 하지만 생명 존중 교육의 영역에서 AI는 결코 사람을 대체할 수 없다.

엘콤XR과 우리가 지향하는 10년 후는 AI가 아이들을 가르치는 세상이 아니라, AI가 찾아낸 '위기의 아이'를 교사가 놓치지 않고 안아주는 세상이다. 기술이 차가운 감시자가 아닌, 가장 따뜻한 '생명 지킴이'가 되도록 만드는 것. 그것이 미래 교육이 나아가야 할 방향이다."

_정택수 센터장(한국자살예방센터)

5

학교·가정·지역 사회가 만드는
생명 존중 생태계

생명 존중 교육은 학교 담장 안에서만 이루어질 수 없다.

엘콤XR의 기술과 한국자살예방센터(정택수 센터장)의 전문성, 그리고 학교와 가정이 하나의 생태계로 연결되어야 한다.

■ 생명 존중 교육 생태계(Ecosystem)

① [학교] 정서 안전지대: 경쟁보다 협력을 가르치고, XR/AI를 활용해 위험 신호를 조기에 발견하는 관제탑 역할을 수행한다.

② [가정] 정서 충전소: 스마트폰 사용을 통제하는 감시자가 아니라, 아이의 감정을 읽어 주는 1차 지지자가 되어야 한다.

③ [전문기관] 콘텐츠 & 솔루션 제공:

   기술이 아이를 살릴 수 있을까?

- 엘콤XR: 아이들이 몰입할 수 있는 최첨단 XR·AI 정서 교육 솔루션을 개발하고 보급한다.
- 한국자살예방센터(정택수 센터장): 기술에 담길 생명 존중의 철학과 교육 커리큘럼을 감수하고, 교사와 학부모를 위한 전문 교육을 지원한다.

제8장 결론: 기술은 결국 생명을 향한다

"사람이 사람에게 기적이 되는 세상, 기술이 그 다리가 되겠습니다."

우리는 질문해야 한다.
"더 빠른 반도체, 더 똑똑한 AI를 만드는 교육은 무엇을 위한 것인가?"

만약 그 기술이 아이들을 더 외롭게 만들고, 생명을 경시하게 만든다면 그것은 실패한 교육이다. 미래 교육의 승패는 '속도'가 아니라 '방향'에 있다.

· 기술 중심 교육에서 → 사람 중심 교육으로
· 지식 경쟁 교육에서 → 정서 연대 교육으로
· 기능 습득 교육에서 → 생명 존중 교육으로

XR과 AI는 이제 아이들의 닫힌 마음을 두드리고, 생명을 소중히 여기는 마음을 심어 주는 새로운 생명 교육의 언어가 될 것이다.

엘콤XR과 정택수 센터장은 확신한다.
"기술이 따뜻한 체온을 가질 때, 비로소 교육은 완성된다"라고.

이것이 우리가 나아가야 할 10년의 약속이다.

당신의 생각이면 충분합니다.

Chapter Overview

"교사는 단순한 지식 전달자가 아니다. 위기의 순간, 가장 먼저 손을 내미는 생명 지킴이(Gate Keeper)이다."

XR·AI를 기반으로 한 생명 존중 교육은 기술을 체험하는 시간을 넘어, 아동·청소년의 마음을 돌보는 정서·윤리·생명 교육의 장이다. 최첨단 기술과 가장 민감한 정서가 만나는 이 지점에는, 두 영역을 완벽하게 이해하고 조율할 수 있는 고도화된 전문가가 반드시 필요하다.

ELCOM XR 강사 양성 체계는 [디지털 윤리 → 정서·생명 존중 → XR·AI 기술 → 실전 안전 관리]를 유기적으로 결합한 국내 최초의 '융합형 에듀테크 전문가 양성 모델'이다.

10장

디지털 윤리·XR·AI
생명 존중 강사 양성 체계

1

왜 강사 양성이
필수인가

이 교육의 성패는 결국 현장에서 아이들을 만나는 강사의 역량에
달려 있다.

전문 강사 양성이 필수적인 이유는 다음의 세 가지 명확한 당위성
에 기초한다.

첫째, 보이지 않는 정서 신호를 해독할 전문가가 필요하다.

→ 디지털·AI 환경에서의 위기는 침묵 속에 진행된다. 청소년의 우
울과 불안은 미세한 표정 변화나 무심코 던진 한마디에 숨어 있다. 따
라서 강사는 기계를 조작하는 기술자를 넘어, 아이들의 미세한 신호
를 감지하고 심리적 안전지대를 만들어 주는 정서 전문가여야 한다.

　　　　　　　　　　　　　　기술이 아이를 살릴 수 있을까?

둘째, 기술을 기반으로 한 교육은 철저한 안전과 윤리가 전제되어야 한다.

→ 몰입도 높은 XR 환경, AI 감정 분석, 재활승마 등은 교육적 효과가 큰 만큼 리스크 관리도 중요하다. 기술적 오류나 돌발 상황을 통제하고, 교육의 윤리적 기준을 사수할 수 있는 안전 전문가가 현장을 지켜야 한다.

셋째, 공교육과 기관은 '검증된 표준'을 요구한다.

→ 생명 존중 교육은 그 어느 분야보다 신뢰도가 중요하다. 학교와 지자체는 체계적인 커리큘럼을 이수하고 자격을 검증받은 인증 강사를 통해 교육의 질을 담보하고자 한다. 이는 사업의 지속가능성을 위한 핵심 조건이다.

2

강사가 갖추어야 할
핵심 역량 모델

ELCOM XR 강사는 단순한 지식인이 아닌,

현장형 전문가로서 다음 다섯 가지 핵심 역량을 균형 있게 갖추어

야 한다.

① 정서·생명 존중 문해력(Emotional Literacy): 청소년의 고립과 우울

메커니즘을 이해하고, 생명 존중 가치를 내면화하여 '관계 기반 회

복 모델'을 현장에 적용하는 능력이다.

② 디지털·AI 윤리 판단력(Digital Ethics): 딥페이크, 사이버불링 등 고

도화된 온라인 위험을 분석하고, AI 시대에 필요한 윤리적 기준과

디지털 시민성을 지도하는 능력이다.

③ XR·AI 기술 운용력(Tech Operation): VR·AR·MR 기술의 원리를 이

해하고, HMD 등 하드웨어를 능숙하게 다루며, AI 감정 분석 데이

터를 교육적으로 해석하는 능력이다.

④ 수업 설계 및 퍼실리테이션(Facilitation): 대상별(초·중) 맞춤형 시나리오를 설계하고, 비난 없는 '회복적 질문법'을 통해 학생들의 자발적 참여와 성찰을 이끌어 내는 능력이다.

⑤ 위기관리 및 안전 리더십(Safety Leadership): 개인정보 보호, 미디어 윤리 준수는 물론, 체험 중 발생하는 신체적·정서적 위기 상황을 매뉴얼에 따라 즉각 통제하는 능력이다.

3

디지털 윤리·정서·생명 존중·XR·AI 통합 커리큘럼

아래는 강사 양성 과정 20~40시간 과정 기준의 통합 커리큘럼 예시이다.

본 과정은 이론 학습과 기술 실습, 그리고 현장 적용을 하나의 흐름으로 연결한다.

모듈 1. 디지털 윤리 기초(4h)

사이버 폭력의 진화 양상을 파악하고, 디지털 발자국 관리 및 개인 정보 보호 등 디지털 시민성의 기초를 다진다.

모듈 2. 정서·감정·생명 존중 교육(6h)

청소년 정서 발달과 위기 징후를 학습하고, 생명 존중 교육의 3요소(감정-관계-존중)를 기반으로 한 상담적 대화법을 훈련한다.

                                                                기술이 아이를 살릴 수 있을까?

모듈 3. XR·AI 기술 기초(6h)

→ XR 하드웨어 구조 및 AI 감정 툴 사용법을 익히고, 소방 구조·XR 승마 등 핵심 콘텐츠를 직접 체험하며 교육적 포인트를 분석한다.

모듈 4. 체험형 수업 설계(4h)

실제 학교 현장에 적용할 수 있는 지도안(Lesson Plan)을 작성하고, XR 공감 활동 및 역할극 시나리오를 기획한다.

모듈 5. 실전 안전·윤리 교육(4h)

자살 위기 징후 발견 시 대응 프로토콜(Protocol)을 숙지하고, 기기 사용 및 개인정보 관련 법적 / 윤리적 가이드라인을 구체화한다.

4

강사 양성 4단계 과정
(기초-심화-실습-평가)

전문가는 하루아침에 만들어지지 않는다. 우리는 단계별 검증 시스템을 통해 강사의 질을 엄격하게 관리한다.

- 1단계 [Basic - 기초]: 디지털 윤리와 정서 이론, XR 기술의 기본기를 다지는 입문 과정이다.
- 2단계 [Advanced - 심화]: 생명 존중 교육의 심층 이론을 학습하고, XR·AI를 융합한 수업 시나리오를 설계하는 전문가 과정이다.
- 3단계 [Practice - 실습]: 실제 학생 대상의 모의 수업(Microteaching)을 진행하고, XR 장비 설치 및 위기 상황 대처를 반복 숙달하는 현장화 과정이다.
- 4단계 [Evaluation - 평가]: 필기시험과 실기 시연, 시뮬레이션 테스트를 모두 통과한 인원에게만 ELCOM XR 공식 강사 자격을 부여한다.

5

강의 시 반드시 지켜야 할
윤리·안전 기준

현장에서 강사가 지켜야 할 기준은 타협할 수 없는 절대 원칙이다.

· 정서 안정(Emotional Safety): 학생의 발언을 판단하거나 평가하지 않는다. 추궁 대신 공감을 선택하며, 수업 중 과도한 감정 반응을 보이는 학생은 반드시 사후 케어 시스템과 연계한다.

· 신체·기기 안전(Physical Safety): XR 체험 전 멀미 민감도와 신체 컨디션을 체크하고, 승마 체험 시에는 안전요원을 배치하여 사고를 원천 봉쇄한다.

· 데이터 윤리(Data Ethics): 수업 중 수집된 생체 신호 및 감정 데이터는 교육 종료 즉시 파기하며, 학생의 얼굴이나 음성 등 민감 정보는 절대 저장하지 않는다.

· 생명 윤리(Life Ethics): 자극적인 시청각 자료 사용을 금지하고, 생명 경시 풍조가 조장되지 않도록 학생들의 표현을 세심하게 다룬다.

6

실습 프로그램
(재활승마-XR 융합)

ELCOM XR 강사 양성 과정의 백미(Highlight)는 기술과 정서를 결합한 독보적인 실습 콘텐츠에 있다.

① XR 소방 구조 시나리오(용기 훈련): 화재 현장에서 아이를 구하는 가상 체험을 통해, 위기 상황에서의 올바른 판단력과 생명을 구하는 숭고한 용기를 체득하게 한다. 이는 '행동하는 생명 존중'의 핵심이다.

② XR 승마 정서 체험(교감 훈련): 실제 재활승마의 치유 메커니즘을 XR로 구현했다. 말과 호흡을 맞추고(Pacing), 교감하는 과정(Touching)을 통해 정서적 안정을 유도하는 고도의 테라피 기법을 훈련한다.

   기술이 아이를 살릴 수 있을까?

③ XR 레이싱(협력 훈련): 단순 경쟁이 아닌, 팀원 간의 협력과 윤리적 판단이 승패를 가르는 룰을 적용하여 공동체 의식과 자기 조절 능력을 강화한다.

④ 생명 존중 판단 훈련: 일상 속 윤리적 딜레마 상황에서 '생명을 살리는 선택'을 하는 시뮬레이션을 통해 가치관을 정립한다.

7

자주 하는 질문과
강사 사례(FAQ)

Q. XR 멀미가 심하거나 어지러움을 호소하는 학생은 어떻게 지도하는가?

→ 즉시 중단 후 '미러링(Mirroring)' 참여로 전환한다. 무리하게 체험을 지속시키지 않고 즉시 기기를 벗게 하여 휴식을 취하게 한다. 단, 학생이 수업에서 배제되거나 소외감을 느끼지 않도록 HMD 화면이 송출되는 외부 모니터(TV, 태블릿)를 보며 참여하는 대체 역할을 부여한다.

대체 역할 예시

· 관제사(Operator): 모니터를 보며 체험하는 친구에게 위험 요소를 말로 알려 주는 역할

· 기록원(Recorder): 체험 친구의 미션 수행 시간이나 감정 반응을 활동지에 기록하는 역할

기술이 아이를 살릴 수 있을까?

Q. 생명 존중 교육 도중 울거나 감정이 격해지는 학생은 어떻게 하나요?

→ '안정화(Grounding)' 후 전문가에게 인계한다. 즉시 수업을 멈추거나 보조 강사가 투입되어 심호흡과 대화를 통해 흥분된 감정을 가라앉힌다. 해당 학생을 다그치거나 주목받게 하지 말고, 수업 종료 후 반드시 담임 교사나 위클래스(Wee Class) 상담 교사에게 상황을 전달하여 후속 상담이 이루어지도록 조치한다.

Q. 기술에 익숙하지 않은 교사도 강사가 될 수 있나요?

→ 충분히 가능하다. 핵심은 기술이 아니라 정서다. ELCOM XR 강사의 핵심 역량은 화려한 기계 조작 능력이 아니라, 학생을 이해하는 정서적 공감 능력과 안전 관리 능력이다. 기기 운용법은 매뉴얼과 실습 교육을 통해 누구나 단기간에 습득할 수 있도록 시스템화되어 있다.

Q4. 강사 활동은 주로 어떤 곳에서 이루어지나요?

→ 학교와 지역 사회를 넘나드는 다양한 현장에서 활동한다. 초·중·고등학교의 정규 교과 시간 및 동아리 활동, 지자체 주관 청소년 행사, 청소년 수련관, 진로 체험 센터, 지역 축제 내 XR 체험 부스, 공공기관의 대국민 생명 존중 캠페인 등 수요는 지속적으로 확장되고 있다.

8

강사 인증·운영·
사후 관리 체계

자격증 발급은 끝이 아니라 시작이다.

우리는 한국자살예방센터의 검증된 생명 존중 이론과 엘콤XR의 혁신적 기술을 결합하여, 현장에서 즉시 통하는 실전형 전문가를 양성한다.

■ 이원화된 자격 인증 구조(Dual Certification System)

본 과정은 전문성과 기술력을 동시에 담보하기 위해 다음과 같은 체계로 운영된다.

· 자격 기준(Standard): 생명 존중·자살 예방·정서 교육의 이론적 자격 요

　　　　　　　　　　　　　　　　　기술이 아이를 살릴 수 있을까?

건은 [한국자살예방센터]의 강사 검정 기준을 따른다.

· 최종 인증(Certification): 이론 시험과 XR 기술 활용 실습을 모두 통과한 자에게 [엘콤XR] 대표 명의의 'XR 생명 존중 전문 강사 인증서'를 발급한다.

· 등급 체계: Assistant(보조) → Instructor(정강사) → Master(수석강사)의 3단계 성장 모델을 운영하여 경력 개발을 지원한다.

· 지속 관리: 연 2회 보수 교육을 통해 최신 기술과 트렌드를 업데이트하고, 교육 결과 리포트를 분석하여 개별 피드백을 제공함으로써 강의 품질을 상향 평준화한다.

제10장 결론: 강사는 기술을 가르치는 사람이 아니라 생명을 지키는 사람이다.

ELCOM XR 강사 양성 체계는 단순한 기능인 양성 과정이 아니다. 정서와 생명, 그리고 최첨단 기술을 하나의 언어로 구사할 수 있는 미래 교육의 개척자를 길러내는 산실이다.

아이들 한 명 한 명의 생명을 지키고 마음을 돌보는 이 위대한 여정에서, 기술은 강력한 도구일 뿐이며 그 길을 비추고 안내하는 주체는 결국 '강사'라는 사람이다. 이것이 우리가 강사 한 명 한 명의 양성에 진심을 다하는 이유다.

Chapter Overview

"이 책이 던지는 메시지는 단순하지 않다."

디지털 시대의 교육은 지식을 전달하는 기능을 넘어, 아이 한 명의 마음·감정·생명·관계를 지키는 최후의 안전망이 되어야 한다는 선언이다. 그리고 그 안전망은 교사 혼자가 아니라 학부모, 지역 사회, 기술, 그리고 정서 과학이 함께 촘촘하게 짜야 한다.

이 장은 책 전체를 관통하는 교육 철학을 학교, 지역 사회, 기술 생태계로 확장하는 '실천 선언문'이자, 우리나라 미래 교육 구조의 새로운 기준(New Standard)을 제안한다.

11장

미래를 다시 설계하는 교육: 아이 한 명을 위한 시스템 전환

1

정서를 기반으로 한 미래 교육은
선택이 아니라 국가 과제다

한국 청소년의 정서 지표와 자살률은 세계에서 가장 심각한 수준이다. 이는 단순한 개인의 문제가 아니라 교육, 사회, 기술이 복잡하게 얽힌 구조적 재난이다.

지금까지 우리는 "AI와 메타버스 기술을 학교에 얼마나 빨리 도입하느냐"를 두고 경쟁해 왔다. 하지만 방향이 틀렸다. 국가 교육의 중심은 기술 도입의 속도가 아니라, "XR·AI 시대에 아이들의 정서와 생명을 어떻게 보호할 것인가"라고 하는 것에 놓여야 한다.

정서를 지키는 교육이 곧 생명을 지키는 교육이며, 무너진 정서의 회복 없이는 창의성도, 미래 역량도 존재할 수 없다. '정서 기반 교육(Emotion-Based Education)'은 이제 선택 과목이 아니라, 국가의 생존이 걸린 필수 과제다.

   기술이 아이를 살릴 수 있을까?

2

개인 정서 알고리즘은
교육의 새로운 언어가 된다

모든 아이는 다르게 상처받고, 다르게 반응하며, 다르게 도움을 요청한다. 따라서 미래 교육은 다음 질문에 답해야 한다. "아이 고유의 정서·사고 알고리즘을 이해하지 못한 채, 어떻게 그 생명을 지킬 수 있는가?"

이 책이 제시한 네 가지 정서 알고리즘 모델은 교사가 아이의 위험 신호를 조기에 발견하게 하는 가장 실질적이고 과학적인 도구다. '모두에게 똑같은 교육'은 끝났다. 아이의 기질과 정서 패턴을 분석하고 그에 맞는 소통 방식을 적용하는 '정서 알고리즘'이 미래 상담, 생활지도, XR 시나리오 디자인의 표준 언어가 될 것이다.

3

XR·AI는
'정서를 확장하는 기술'이 되어야 한다

XR은 단순한 체험 장비가 아니다. AI는 단순한 지식 검색 도구가 아니다. 이 둘은 함께 결합하여 아이의 감정을 '안전하게 경험하고, 표현하고, 회복하게 만드는 제3의 교실'이어야 한다.

엘콤XR이 제시하는 다음의 기능들은 생명 존중 교육의 게임 체인저(Game Changer)가 된다.

XR 공감 시나리오	타인의 아픔을 시각·신체·인지적으로 경험하여 공감 능력을 극대화한다.
AI 정서 분석	아이의 말, 표정, 맥박 패턴을 분석하여 보이지 않는 위기 신호를 포착한다.
XR+승마형 모션 기반	텍스트가 아닌 '신체 감각(Haptic)'을 통해 정서적 안정을 유도한다.
XR 생명 존중 스토리	화재 구조 등 위험 상황을 안전하게 시뮬레이션하며 생명의 무게를 체득한다.

   기술이 아이를 살릴 수 있을까?

미래의 기술은 정서를 대체하는 것이 아니라, 정서를 확장하고 보호하는 도구가 되어야 한다.

4

학교-가정-지역 사회가
함께 만드는 생명 존중 생태계

아이의 정서는 학교 안에서만 형성되지 않는다. 아이가 눈을 뜨고 잠들 때까지 머무는 모든 공간이 연결되어야 한다. 생명 존중 교육은 다음 세 축이 톱니바퀴처럼 맞물려 돌아가야 한다.

1) 학교: 정서를 기반으로 한 XR·AI 교육 시스템 구축
   · 디지털 윤리 교육의 필수 교과화
   · XR 공감 시나리오를 활용한 정규 수업 운영
   · AI를 기반으로 한 위기 학생 조기 발굴 및 상담 시스템 가동

2) 가정: 감정 대화 문화의 회복
   · 하루 10분, 평가 없는 '감정 대화' 실천
   · 스마트폰·SNS 사용의 구조화 및 디지털 웰빙 지도

· 자녀의 정서 알고리즘(기질)에 기초한 맞춤형 양육

3) 지역 사회: 촘촘한 생명 존중 안전망

· 자살예방센터와 학교 간의 핫라인(Hot-line) 구축

· 도서관, 청소년 센터 등에 XR·AI를 기반으로 한 정서 프로그램 개방

· 지역 행사와 연계한 대국민 생명 존중 캠페인 확산

이 세 축이 하나의 생태계로 작동할 때, 비로소 아이 한 명을 안전하게 지킬 수 있다.

5

교사·강사·학부모를 위한
새로운 역량 모델 제안

　미래 교육 현장에서 교사와 강사는 더 이상 지식 전달자에 머물러선 안 된다. 그들은 기술과 정서를 융합하여 아이를 지키는 새로운 전문가로 거듭나야 한다.

미래형 교육자의 4대 역할

· 정서 분석가: 아이의 표정과 데이터 이면의 마음을 읽는 사람

· 디지털 윤리 지도자: 올바른 기술 사용법과 시민성을 가르치는 사람

· XR·AI 활용자: 최첨단 도구를 치유의 목적으로 능숙하게 다루는 사람

· 생명 존중 보호자: 위기 상황에서 가장 먼저 손을 내미는 사람

　본 책(제10장)에서 제시한 강사 양성 체계는 이러한 역할을 수행할 수 있는 한국 최초의 "정서·기술·생명 존중 통합 전문가 모델"이다. 이

는 향후 교육청, 지자체, 공공기관이 추진할 미래 교육 정책의 표준 지침이 될 것이다.

6

새로운 패러다임 공식:
정서 → 기술 → 생명

이 책의 모든 내용을 한 문장으로 압축하면 다음과 같다.

"정서를 이해하면 생명을 지킬 수 있고, 기술은 그 과정을 확장시키는 힘이 된다."

따라서 우리가 나아가야 할 미래 교육은 아래의 공식으로 재구조화되어야 한다.

■ 미래 교육 패러다임 공식

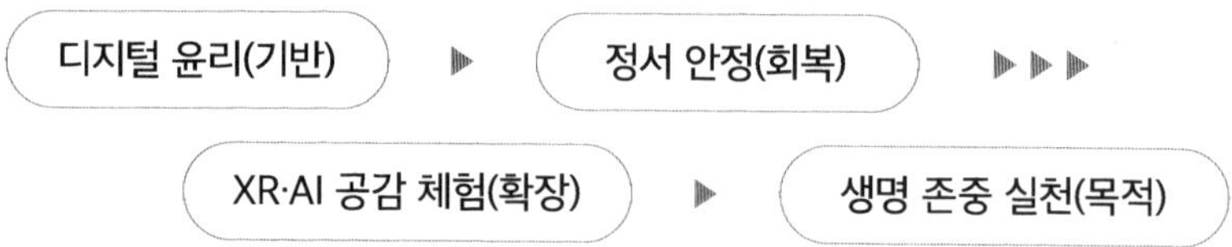

    기술이 아이를 살릴 수 있을까?

이 공식은 단순한 교육 방법론이 아니라, 디지털 홍수 속에서 아이들의 생존을 담보하기 위한 구조적 로드맵이다.

제11장 최종 결론

우리는 지금 이 순간에도 아이들이 보이지 않는 어둠 속을 홀로 지나가고 있다는 사실을 알고 있다. 그 어둠을 밝히는 빛은 화려한 기술 그 자체가 아니다. 기술을 도구 삼아 건네는 교사의 따뜻한 한마디, 부모의 관심, 그리고 우리 사회의 책임 있는 연대다.

정서가 먼저 이해될 때 기술은 생명을 돕는 가장 강력한 무기가 되고, 교육은 아이를 살리는 가장 튼튼한 울타리가 된다. 이제 교육은 지식을 주입하는 곳이 아니라, 상처 입은 희망을 회복시키는 곳이 되어야 한다.

그리고 그 거대한 변화의 시작은, 당신이 아이에게 건네는 작고 따뜻한 질문 하나에서 시작된다.

"너는 오늘, 마음이 괜찮니?"

그 질문을 망설임 없이 던질 수 있는 사회, 그 질문을 듣고 솔직하게 답할 수 있는 학교, 그 질문이 아이를 다시 일으켜 세우는 교육.

그것이 우리가 향해 가야 할 미래 교육의 최종 목적지다.

아이 한 명을 살릴 수 있는 기술이
우리가 선택해야 할 미래다

아이 한 명을 살릴 수 있는 기술이
우리가 선택해야 할 미래다

"아이 한 명을 살리는 기술이 진짜 미래 기술이다."

한 생명을 살린다는 일은 생각보다 거창하지 않습니다.
그것은 대단한 영웅이 나타나 기적을 행하는 것이 아닙니다.

그저 벼랑 끝에 선 아이를 한 번 더 바라봐 주는 것, 재촉하지 않고 한 번 더 기다려 주는 것, 그리고 차마 말하지 못한 아이의 작은 신음을 기꺼이 들어주는 것에서 시작됩니다.
우리는 각자의 치열한 현장에서 그 사실을 너무나 늦게, 그리고 아프게 배웠습니다.

이 책의 저자는 상처 입은 마음을 치유하는 현장에서, 한국자살예방센터 정택수 센터장은 삶과 죽음이 교차하는 위기의 현장에서, 수 많은 아이의 텅 빈 눈빛을 마주했습니다.

그 눈빛들은 소리 없이 비명을 지르고 있었습니다.

"저도 살고 싶은데···. 도대체 어떻게 살아야 할지 길을 모르겠어요."

그래서 우리는 기술을 배우기 전에, '사람'을 다시 배우기 시작했습니다.

그리고 우리는 분명히 알고 있습니다.

최첨단 AI 기술이라도 아이를 대신해서 울어 줄 수는 없습니다. 아무리 정교한 로봇이라도 떨리는 아이의 손을 따뜻하게 잡아 줄 수는 없습니다. 화려한 가상 현실이라도 무너져 내리는 아이의 마음을 먼저 알아차릴 수는 없습니다.

그러나, 기술은 기적이 될 수 있습니다. 기술은 우리가 닿지 못했던 아이에게 다가갈 수 있는 기회를 확장해 줍니다. 기술은 우리가 바쁘다는 핑계로 놓쳤던 감정의 흔적을 다시 보게 해 줍니다. 기술은 닫혀 버린 아이의 세계로 들어가는 가장 안전한 문이 되어 줄 수 있습니다.

그렇다면 기술은 차가운 쇳덩어리가 아니라, 우리의 사랑이 흐를 때 가장 뜨거워지는 도구입니다.

정택수 센터장은 현장의 목소리로 강조합니다.

"죽고 싶은 아이는 단 한 번도 진짜 죽고 싶어 한 적이 없다. 살고 싶은데…. 자기 힘으로는 더 이상 못 버틴 것뿐이다."

그리고 저자는 기술의 최전선에서 호소합니다.

"기술은 결국 사람에게 돌아와야 한다. 기술이 아이 한 명을 살릴 수 없다면, 그 기술은 미래가 아니다."

우리는 서로 다른 길을 걸어왔지만, 결국 하나의 문 앞에서 만났습니다.

'아이 한 명을 살리는 일'이야말로 우리가 가진 모든 기술과 지식, 경험을 총동원해야 하는 이 세상에서 가장 시급하고 값진 일이라는 사실 앞에서 말입니다.

그래서 우리는 이 책을 썼습니다. 우리나라의 거창한 교육 정책을 바꾸기 위해서가 아닙니다. 지금 이 순간에도 어둠 속에 있는 단 한 명의 아이를 살리기 위해서입니다.

학교가 변해야 합니다.
가정이 변해야 합니다.
기술이 변해야 합니다.
그리고, 어른인 우리가 먼저 변해야 합니다.

그 변화의 시작은 멀리 있지 않습니다. 스마트폰 화면에서 눈을 떼

                                        기술이 아이를 살릴 수 있을까?

고 아이의 표정을 다시 읽는 것, 아이의 괜찮다는 말을 의심하고 한 번 더 물어봐 주는 것, 성적보다 아이의 정서를 먼저 챙기는 것, 아이를 포기하지 않는 것.

우리는 미래 교육을 말하는 책을 썼지만, 이 책의 마지막 페이지를 덮으며 드리고 싶은 말씀은 단 하나입니다.

"당신이 오늘 한 아이를 지켜낸다면, 그 아이는 훗날 또 다른 생명을 지키는 어른으로 자라납니다."

아이 한 명을 지키는 일은, 그 아이 한 명을 구하는 것으로 끝나지 않습니다. 그 아이가 살아내고 만들어 갈 100년의 미래가, 또 다른 누군가의 세상을 구원할 것이기 때문입니다.

그것이 우리가 말하는 '진짜 미래 기술'의 정의입니다.

기술로 확장되는 생명, 정서로 완성되는 미래, 그리고 한 아이의 마음을 끝까지 지키는 어른이 만드는 세상.

우리는 그 세상을 당신과 함께 만들고자 합니다.
이 책을 덮는 순간, 당신은 이미 그 위대한 여정의 동반자입니다.